神さまには誓わない
He has lived
for millions of years.
And it has been called God,
an evil spirit, etc.

# 神《かみ》さまには誓《ちか》わない

英田《あいだ》サキ

*ILLUSTRATION*：円陣闇丸《えんじんやみまる》

# 神さまには誓わない

LYNX ROMANCE

CONTENTS

# 神さまには誓わない

# 1

「ねえ、アシュトレト。アモンって本当はどれくらい生きてるの？」

台所で料理をしていた羽根珠樹《はねたまき》が、ふと思い出したように俺《おれ》を振り返った。

その時、俺は居間の炬燵《こたつ》に足を入れ、寝転がってテレビを見ていた。この炬燵という日本の暖房器具は非常に危険だ。妙にまったりしてだらけた気分になる。

そこに馬鹿馬鹿《ばかばか》しい日本のテレビ番組がセットになると、危険度は倍増する。もうここから一歩も動きたくないという怠惰な気分に包まれ、ニューヨークにある自分の家——正しくは俺が身体《からだ》を借りているポール・ワイズの家だが——に帰るのが億劫《おっくう》になってしまうのだ。

まあ、東京とニューヨークを一瞬で移動できる俺にすれば、そんなことはどうでもいい些細《ささい》な問題でしかないのだが。

しかし日本のテレビは、どうしてこうもくだらない内容のバラエティ番組ばかりなのだろう。だが嫌いではない。そのくだらなさがいっそのこと清々《すがすが》しいではないか。高等ぶって政治だの環境問題だの論じている姿を見るほうが、よほど興醒《きょうざ》めだ。

「アシュトレト、聞こえてる？」

俺はテレビに目を向けたまま、「本人に聞け」と答えた。

「聞いたってアモンの答えがはっきりしないから、アシュトレトに聞いてるんだろう」

ないんだよ」

「説明したところでお前の足りない脳みそでは、到底理解できないと思って、アモンははっきり答えないんだよ」

珠樹はむっとした顔つきで、「アシュトレトって本当に性格悪いよね」と言い返した。

「同じ悪魔でもアモンとは大違いだ。アモンは俺に嫌みなんて言ったりしないもん」

それはアモンが珠樹に惚《ほ》れているからだ。俺は珠樹にこれっぽっちも惚れていないのだから、同じ態度を取らなければならない理由などどこにもない。まるでない。これっぽっちもない。

それにしても、最近の珠樹は生意気だ。いや、生意気なのは出会った時からだが、最初の頃《ころ》はまだ俺に対する怯《おび》えや恐れの念をいくらかは持っていた。今は俺が危害を加えないと思って、すっかり安心しきっている。

少し甘やかしすぎたようだ。このあたりで少し恐ろしい目に遭わせて、俺に対する態度を改めさせてやろうかと思ったが、やりすぎるとアモンが怒る。アモンを怒らせるのは俺の望むところではない。少々ぼーっとして見えるアモンだが、ああ見えて本気で怒らせるとなかなか厄介なのだ。

俺は台所に目を向けた。珠樹は菜箸《さいばし》を持って、くるくると忙しく立ち動いている。小柄で薄い背中は、とても成人しているようには見えない。顔だって男らしさの欠片《かけら》もなく、まだ子供みたいだ。素直な顔立ちは可愛《かわい》いと言えなくもないが、せいぜい中の上あたりがいいところだろう。アモンが珠樹のどこに惹《ひ》かれたのか、まったくもってわからない。

珠樹は古代エジプトの少年王の生まれ変わりだ。アモンは命を脅かす政敵から少年王を守るという契約を交わし、契約の証《あかし》として自分の魂の一部を少年王の魂の中に預けた。

契約が無事に果たされれば魂の一部は戻ってくるはずだったが、アモンは失敗し、少年王はアモンの魂の一部を持ったまま、この世を去った。

アモンは自分の魂の一部を取り戻すべく、少年王の生まれ変わりを探し続けた。放浪の果てに、何度か別の人間に転生した少年王と邂逅《かいこう》したものの魂は取り戻せず、そのせいで力がじわじわと弱まっていった。このままだとアモンはいつか消滅してしまうと俺も心配していたが、ようやくアモンはこの東京の片隅で、約千年ぶりに珠樹を見つけたのだ。

そしてどういうわけか、病院の清掃員をしていた天涯孤独の珠樹と恋に落ちた。

俺に言わせればロマンスとも呼べないほどの些細な紆余曲折《うよきょくせつ》を経て、ふたりは晴れて恋人同士になったわけだが、アモンはユージン・マクラードという大富豪のアメリカ人の肉体を借りているため、ニューヨークで生活している。東京に住む珠樹とは遠距離恋愛だ。しかしアモンも俺と同様に瞬間移動ができるので、それ自体はたいした問題ではなかった。

暇潰しのつもりでアモンにくっついて、珠樹の家に何度か訪れているうち、最近はひとりでも来るようになっていた。珠樹に会いに来るのではない。日本やこの家が気に入ったのだ。

珠樹の家は東京の下町にある古びた平屋の一軒家だが、このぼろい家は不思議と居心地がいい。それに今まで日本食といえば、寿司《すし》か天ぷらくらいしか食べたことがなかったのだが、珠樹のつくる日本の家庭料理の味も気に入った。

俺は美食家なので、最初は珠樹が出した地味な色合いの煮物など、とてもではないが手を伸ばす気になれなかった。ところが食べてみると意外にも口に合って驚いた。食わず嫌いはいけないな、と珍しく反省さえしたほどだ。

「それより食事はまだか。腹が減ったから早くしろ」

催促したら珠樹は俺をキッとにらみつけた。にらまれたところで痛くもかゆくもない。子猫がプギャーっと毛を逆立てているようなものだ。

「あのね！　俺はアモンのために夕食をつくってるんだよ？　アシュトレトははっきり言って招かれざる客なの。呼んでもいないのに、勝手に家の中に現れるのやめてくれる？　せめて玄関から入ってきてよ」

「――すまん。玄関から入り直そうか？」

突然、台所に現れたスーツ姿のアモンを見て、珠樹は「うわっ」と飛び退《の》いた。

東京とニューヨークでは時差がある。珠樹はこれから夕食の時間だが、アモンは逆に仕事に出かける時間だから、朝食だけ一緒に食べに来たのだ。

移動は一瞬でも十四時間の時差のせいで、ふたりの生活はすれ違い気味だ。アモンが仕事を終えてやって来ると、今度は珠樹が仕事に出る時間なので、一緒に過ごせる時間があまりない。

「アモン、い、いらっしゃいっ。いいんだ、気にしないで。アモンはいいんだから」

俺に向けるのとは大違いのはしゃいだ笑顔を浮かべ、珠樹は恋人の顔を嬉《うれ》しそうに見上げた。アモンはそんな珠樹を愛《いと》おしそうに見つめ、すっと身を屈《かが》めてキスをした。珠樹は挨拶《あいさつ》程度のキスにも顔を赤くし、「ア、アシュトレトがいるのに……」と口をもごもごさせた。

「すまん。お前の顔を見たら我慢できなくなった」

だらしなくゆるんだアモンの顔を見ながら、俺は内心で盛大な溜《た》め息《いき》をついた。

まったくもって嘆かわしい。かつては神として崇《あが》められ、あるいは悪魔として恐れられた男が、人間の小僧なんかにメロメロになっている。目も当てられないとはこのことだ。

俺、もしくは我々は長く生きてきた。どれくらいと聞かれれば、覚えていないほど長く、としか答えようがない。

一千年か、一億年か、あるいはそれ以上か。この惑星を自分たちのものだと勘違いしている人間どもが誕生する、はるか以前から存在してきた。

人間が日没の周期を一日と呼び、月の満ち欠けで一か月という単位を決め、地球の公転を一年と定めたような、環境の変化による時間の単位設定は、我々のようなエネルギー生命体にはさして意味がない。滅びる肉体を持たない我々には、そもそも時間を計る単位など必要なかったのだ。

俺たち種族の在り方は様々だ。自然の中に同化して瞑想《めいそう》の海を漂うがごとく、他者にまったく無関心の者。ある土地に異常な執着を示し、縄張り意識を剝《む》き出しにする者。

人間の中に紛れ込んで人間の肉体を操り、物質世界での暮らしを享受する者。愚かな人間を導くという責任感に駆られて躍起になる者。その逆に人間を堕落させて無意味に面白《おもしろ》がる者。

人間が神だの天使だの悪魔だの、あるいは妖怪《ようかい》だの妖精だの精霊だの悪霊だのと呼ぶ存在は、大抵、我々の種族が関与してつくられたものだ。人間が今より無知で盲目的で、けれど自然や目に見えないものを畏怖《いふ》して敬っていた頃、俺たち種族は彼らの成長と成熟と発展を望み、良くも悪くも頻繁に干渉を繰り返してきた。

時にはその干渉が新しい文明を生み、あるいは別の文明を滅ぼし、また時には我々の争いごとに人間が巻き込まれて戦争が起こることもあった。

俺やアモンも一昔前までは人間の祈りに応《こた》えたり、必要に応じて罰を下したりしたものだ。しかし俺は次第に人間の愚かさに嫌気が差し、自分が楽しむためだけに人間とかかわるようになった。アモンは失われた魂の一部を探すことにのみ集中し、それ以外のことには関心を示さなくなった。

人間は寿命の短い生物だから、生活習慣から宗教まで、あらゆるものが早いサイクルで入れ替わる。俺やアモンも昔は神として信仰されていたのに、キリスト教徒の台頭により異教徒の神は異端とされ、今ではすっかり恐ろしい悪魔扱いだ。

もっとも人間の中には悪魔を好んで崇拝する輩《やから》もいるので、彼らにとっての神と言えなくもない。神でも天使でも悪魔でも、好きなように呼べばいいのだ。愚かしい人の子には、俺たち種族の真の在り方など、永遠に理解することはできないのだから。


ポール・ワイズの仕事は弁護士だ。マクラード家のお抱え弁護士なので、主に一家が抱える様々な問題に対処する。大抵の金持ちがそうであるように、マクラード家も様々な訴訟問題を抱えていた。糞《くそ》にたかる蠅《はえ》と同じで、大金のあるところに金のない人間は群がってくる。

俺はポールと契約したうえで、この肉体を借りていた。強盗に拳銃《けんじゅう》で撃たれて死にかけていたポールに、俺はしばらく肉体を貸してくれるなら、命を助けてやると言って取引を持ちかけた。ポールが取引に応じたので、今こうしてポールの肉体を自在に使えているというわけだ。

俺たちは人間の身体に入り込むと、その人間の記憶を自由に引き出せる。記憶だけではなく習慣や思考癖から嗜好《しこう》まで、すべて自分のことのようにわかるのだ。だからその人間に成りきることは、あまりにもたやすい。

ポールとの約束なので、俺は彼が果たすべき仕事はきちんとこなしている。ポール本人が行うより迅速かつ有能な仕事ぶりだから、俺との契約期間が終わったら周囲はきっと「ポールはいったいどうしたんだ？　急に仕事ができなくなったじゃないか」と訝《いぶか》しがるだろうが、そんなのは俺の知ったことではない。

契約期間はまだたっぷり残っているが、俺はニューヨークでの暮らしにすでに飽きていた。弁護士なんてものは、恐ろしくつまらない。

ポールの身体を借りたのは、彼がユージンに近しい人間だったからだ。アモンは事故で急死したユージンの肉体を操って珠樹に接触し、魂の一部を取り戻そうとしていたが、とにかく人間の心理に疎い奴《やつ》なので上手《うま》くいくのか心配だった。場合によっては手を貸そうと思い、マクラード家の顧問弁護士であり、ユージンの母親の愛人でもあったポールの存在に目をつけたのだ。

アモンが危機を乗り越えた今、ポールの肉体に固執する理由はなく、そろそろ別の肉体を探してもいいのでは、という気分になっていた。

俺は人間を見下しているが、人間がつくり上げた一部の文化や芸術は高く評価している。食べ物や音楽、絵画や美術品など、物質の世界で生きている人間だからこそ生み出すことのできた諸々《もろもろ》は、退屈しきっている俺にとっては刺激であり、ある種の慰めだった。

肉体を通してしか得られない楽しみもある。食事やセックスなどが、その最たるものだ。だから俺は人間の身体を常に必要とする。

　俺の偉大なる力をもってすれば、無から人の肉体をつくることは可能だし、実際、自分がつくった肉体に宿って人間社会に入り込んだこともあるのだが、人間というのは馬鹿のくせに妙に敏感なところがある。人造人間には何かしらの違和感を覚えるらしく、どんなに巧みに操っても、完璧《かんぺき》に馴染《なじ》めた試しがなかった。

　そういうわけで俺は目をつけた人間と交渉して、肉体を借り受けるようにしている。人間は欲だらけなので、金や成功や健康や若さなどの餌《えさ》を鼻先にぶら下げれば、大抵は取引に応じる。

　俺が肉体に入っている間、宿主の意識はなく、眠っているような状態だ。肉体から出ていく時は記憶を操作して、俺と契約したことは忘れさせる。彼らは俺のことは何も覚えておらず、手にした金や成功や健康は最初からあったものだと思い込み、そのあとはまた自分の人生を生きるのだ。

　珠樹は人の弱みにつけ込んで、肉体を自由に支配するなんて卑怯《ひきょう》だと怒るが、俺から言わせればこんなにいい話はない。お互いにとって願ったり叶《かな》ったりではないか。いったい何が卑怯なのか、さっぱりわからない。

　長く生きすぎて退屈しきっている俺にとって、人間のふりをして人間の社会で生活するのは、なかなか面白い暇潰しの遊びだ。人間だって好きなキャラクターを操り、冒険の旅を何度も繰り返すコンピューターゲームが好きではないか。

　俺のしていることも、それとまったく同じなのだ。

その日、俺は珠樹の家の近所を、あてもなくぶらついていた。時間ができたので珠樹の家に来てみたのだが、生憎《あいにく》と出かけていて留守だった。

炬燵に入ってテレビでも見ながら帰ってくるのを待っているかと思ったが、あまりに天気がよくて散歩がしたくなった。ニューヨークは大寒波の到来で、毎日凍えるほど寒い。おかげで日課にしているセントラルパークの散歩も、このところは滞りがちだった。

俺はトレンチコートを羽織り、首にはワインレッドのマフラーを巻き、珠樹の家を出た。商店街を歩くと「あら、かっこいい外人さん！　魚、買ってかない？」などと気安く声をかけてくる鮮魚店の婆《ばあ》さんがいたが、日本語がわからないふりをして素通りした。

足の向くまま気の向くまま、賑《にぎ》やかな通りを過ぎて住宅街に入っていく。少し向こうには高層ビル群が見えているのに、この辺りはまだ木造の家も多く残っていて、どこか古きよき時代を感じさせる味のある佇《たたず》まいだ。

冬の暖かな日差しを浴びてのんびり歩いていたら、小さな教会を見つけた。扉が開いている。オルガンの音が聞こえてきたので、俺は興味を引かれて中に入った。

珠樹に話したら、「悪魔が教会に入っていいの？」と眉《まゆ》をひそめるかもしれないが、俺は別に十字架など怖くないし、クリスチャンたちが崇める神の敵でもない。

ただ俗に天使と呼ばれる連中は苦手だ。あいつらは昔から徒党を組んで、人間を正しい方向に導くのは自分たちの役目だと信じて疑わず、規律だの戒律だのをやたらとつくり上げては人間に押しつけ、悦に入っていた。

自らを天の軍団などと称し、一時期は自分たちに従わない仲間を悪と呼んで戦いを挑んできたこともあったが、結局決着はつかず、長らく冷戦状態にある。本当に面倒《めんどう》くさい連中だ。

どうやらここは俺が嫌いなカトリックではなく、プロテスタントの教会らしい。鬱陶《うっとう》しいマリア像や十字架に貼《は》りつけられた辛気くさいイエス・キリスト像などはいっさいなく、内装はとてもすっきりしている。

俺は最前列の長椅子《いす》に腰を下ろし、オルガンの音色に聞き入った。オルガンを弾いているのは三十代半ばくらいの白人男性だった。ローマンカラーの白いシャツと黒い背広を着ているので、ここの牧師だろう。窓から差し込む日を受け、軽くウェーブした金髪が輝いて見える。

しばらくして演奏が終わり、牧師は立ち上がった。笑みを浮かべ、こちらに向かって歩いてくる。貧弱ではないがほっそりした身体つきで、歩く姿は舞台俳優のように優美に見える。

「こんにちは。私《わたし》はここの牧師でアシュレイ・エイミスといいます」

こちらの様子を窺《うかが》うように英語で話しかけてきた。風貌《ふうぼう》同様、声も柔らかな響きがあって耳に心地いい。わずかに東部訛《なま》りがある。多分、ボストン出身だろう。

「アシュレイですか。いい名前ですね」

俺も英語で答えた。名前の一部が俺と同じなので、なんとなく親しみが湧《わ》いた。とはいっても、俺の名前はいくつもあるので、たいして意味もないのだが。

聖職者にしておくには惜しいほどの美しい男だった。顔のパーツが完璧に整っているだけではなく、肌が透き通るように白く、瞳《ひとみ》は赤みを帯びた美しいバイオレットで、微笑《ほほえ》んでいてもどこか愁いを帯びて見える。

睫毛《まつげ》は瞬《まばた》きすると音がしそうなほど長い。鼻の高さも大きさも申し分ない。完璧な美貌を持った俳優が、あえて地味な雰囲気の牧師を演じているようで、妙な感じさえした。

「初めてお会いしますね。ご近所の方ですか？」

「いえ。私はマンハックンに住んでいます。ポール・ワイズです。よろしく」

右手を差し出すとアシュレイは「アメリカの方ですか」と白い歯を見せ、俺の手を握った。

「確かにあなたには洗練された雰囲気があって、いかにもニューヨーカーという感じがしますね。私も昔、短い期間でしたが、マンハッタンに住んでいたことがあります。東京へはビジネスで？」

「まあ、そんなところです。この近くに取引先の会社がありましてね。用事があって訪ねたのですが、担当者が不在だったので彼が戻ってくるまで散歩でもしようと思い、この辺りを散策していたんです。そしたらきれいなオルガンの音が聞こえてきて、ついふらふらと」

「そうでしたか。ワイズさん、もしまだお時間があるようでしたら、お茶でも飲んでいかれませんか？」

愛想のいい牧師は気さくに誘ってきた。暇なので誘いに応じた。応接室にでも連れていかれるのかと思いきや、アシュレイは教会の裏手にある自宅に俺を招いた。

アメリカの田舎町によくあるような古い家だった。家具やインテリアもすべて洋風で、日本にいることを忘れそうになる雰囲気だ。

アシュレイは話好きらしく、俺をダイニングテーブルに座らせると、お茶の準備をしながらずっと喋《しゃべ》っていた。おかげで力を使って探らなくても、彼のことがよくわかった。

アシュレイは日本に留学した際に、日米ハーフの美しい女性と知り合った。一度はアメリカに帰ったものの、どうしても彼女を忘れられず、二年後、戻ってきて結婚した。彼女のアメリカ人の父親がこの教会で牧師をしていたので、跡を継ぐべくアシュレイも勉強して牧師になった。

その後、父親が亡くなり、三年前には妻まで事故でこの世を去り、今は五歳になる娘とふたりで暮らしているらしい。

お喋りな男は嫌いだが、アシュレイののんびりした口調のせいか、それとも落ち着きのある美声のせいか、彼の退屈な半生を聞いているのがまったく苦にならなかった。

「男手ひとつで子供を育てるのは、なかなか大変でしょうね」

アシュレイの淹《い》れた紅茶を飲みながら、俺は心から同情するような顔つきで言った。

「大変ですが娘は私の宝です。あの子がすくすく育っていく姿を見ていると、どんな辛《つら》い時でも自然と笑顔になれます。……ああ、噂《うわさ》をすればですね」

アシュレイが俺の後ろを見て、「おいで」とにっこり微笑んだ。背後に誰《だれ》かがいる気配はさっきから感じていたが、俺は少し驚いた素振りで振り返った。

戸口に小さな女の子が立っていた。幼いながらアシュレイに目もとのあたりがよく似ている。明るい栗毛《くりげ》の長い髪は、癖毛なのか毛先がくるくると巻いて人形のようだ。

小花柄のワンピースを着た少女は、スカートの裾《すそ》をひらひらさせながらアシュレイに駆け寄った。

「娘のマリーです。マリー、お客さまにご挨拶は？」

アシュレイは娘には日本語で話しかけた。

「こんにちは、マリーです。……あなたのお名前は？」

はにかんだような笑顔を浮かべ、マリーは俺に話しかけた。声まで愛らしい。

なんて可愛い子なんだろうと思った。顔立ちももちろん美少女だが、表情が本当に愛くるしい。

「すみません。娘は日本語しか喋れないんですよ」

「いや、大丈夫。私も日本語は喋れますから。……やあ、マリー。こんにちは。私はポールだよ。よろしく」

俺はマリーに作り笑いではない笑顔を向けた。

「ポールさん、マリーがつくったクッキー、食べたい？　とても美味《おい》しいのよ」

「ご馳走《ちそう》してくれるの？　それは嬉しいな。ぜひ食べさせてほしい」

マリーは嬉しそうにアシュレイを見上げた。アシュレイが「自分で用意できる？」と尋ねると元気に頷《うなず》き、キッチンに行った。

「可愛いお嬢さんだ。確かにあの子を毎日見ていたら、幸せな気持ちになれるでしょうね」

「ええ。マリーさえいてくれたら、他《ほか》には何もいらないと思えます」

キッチンに立つマリーは真剣な表情で皿を出し、小さな指で摘《つま》んだクッキーを乗せている。俺はそんなマリーを見ながら、ああいうペットが欲しいものだと真剣に考えた。


日本に来る楽しみが増えた。俺はそれ以来、アシュレイの家を訪ねるようになった。

アシュレイはつくづく善良な男で、その人の良さにたまに苛《いら》つくこともあったが、聖職者にありがちな鼻につく偽善や、過度に干渉してくる図々《ずうずう》しさがなかったので耐えられた。

それに俺の本当の目的はマリーに会うことだったので、アシュレイとは上辺だけ友人のふりをしていればよかった。何度か会ううちにマリーはすっかり俺に打ち解け、この前など「絵本を呼んで」とせがんで膝《ひざ》の上に乗ってきた。ぎゅーっと抱き締めたくなったが、アシュレイの手前、必死で我慢した。危険なロリコン男だと思われでもしたら、二度とマリーに会わせてもらえなくなる。

俺にそういう趣味はない。人間の生活を楽しんでいる間は性別を問わず、気に入った相手と奔放にセックスするが、子供は対象外だ。人間が犬や猫などのペットを溺愛《できあい》するのと同じように、マリーを愛《め》でているだけだった。子供嫌いの俺がまったくどうかしていると自分でも呆《あき》れたが、可愛いものは可愛いのだから仕方がない。

その日は珠樹が休みで家にいた。昼時に現れた俺を見て、珠樹は「本当に弁護士の仕事、ちゃんとしてるの？」と疑いの目を向けてきたが、相手にせず鍋焼《なべや》きうどんをつくらせた。

「そんなに和食が気に入ったなら、店で食べればいいのに」

ぶつぶつと文句を言われたが、珠樹のふくれっ面を見ながら食べるのが愉快なのだ。

腹が満たされたところで、俺はアシュレイの家に出かけた。珠樹の家からアシュレイの家まで、歩いて十五分ほどだろうか。

人間の肉体で生活している時は、瞬間移動などの力は極力使わないことにしている。登山をしに山に来たのに、ロープウェイで山頂まで一気に登ってしまうのは馬鹿げている。荷物が重くても足腰が痛くても、自分の身体を使って登るのが登山の醍醐《だいご》味《み》だろう。

それと同じで肉体を持つ故の不自由さは、物質世界で暮らす俺にとっては楽しみのうちだ。さすがにニューヨークと東京の移動は時間がかかるし面倒なので、そこは大目に見ている。要するにケースバイケースというやつだ。

木枯らしが吹く中、白い息を吐きつつ通りを歩いていると、俺の意中の少女が目の前に現れた。

赤いダッフルコートを着たマリーが洋菓子店の店先に立ち、店内を覗《のぞ》き込んでいたのだ。マリーは近所の幼稚園に通っているが、今日は土曜日だから休みなのだろう。

看板には上総《かずさ》洋菓子店という文字が書かれている。和菓子でも売るほうがしっくりくるような地味な店構えだ。

「マリー。何をしているの？」

「あ。ポールさん。こんにちは」

マリーは俺を見て嬉しそうに微笑んだ。

「あのね。ここのケーキ、すごく美味しいんだって。幼稚園のお友達が言ってたの。それでどんなケーキがあるのかなって見てたの」

「そう。でも外からだとよく見えないだろう？　おじさんと一緒に入ってみる？　よければ、好きなのを買ってあげるよ」

「いいのっ？」

マリーはぱっと顔を輝かせたが、すぐに「ダメだよ」と目を伏せた。

「パパに聞いてからでないと怒られちゃう。パパに内緒でよその人に、お菓子を買ってもらっちゃいけないの」

「そうか。じゃあ、こうしよう。私はこれからマリーのおうちに行くところだったから、お土産を買いたいんだ。それをマリーに選んでもらいたい。お願いできるかな？」

子供なりにそれなら大丈夫だと判断できたのだろう。マリーはまた表情を明るくして、「わかった」と頷いた。俺はマリーの手を引いて、洋菓子店の中に入った。ケーキの入ったショーケースがひとつあるだけの小さな店だった。

「いらっしゃいませ」

店の奥から白い帽子とコックコートを着た男が出てきた。この店のパティシエだろう。年の頃は三十歳前後で、背が高くがっしりした体格をしている。はっきりした顔立ちは、まあ男前の部類に入れても差し支えないだろうが、態度が少しおどおどしているせいで気弱に見えた。

男は緊張した様子で、ショーケースの向こうから俺とマリーを見ている。日本語が通じるのかどうかわからず不安らしい。

「マリー。どのケーキが食べてみたい？　好きなのを選んでいいよ」

俺が日本語を口にすると、目に見えてホッとした顔つきになった。マリーは一生懸命にショーケースの中の色とりどりのケーキを見比べ、イチゴが乗った生クリームたっぷりのショートケーキを選んだ。もっとたくさん選んでいいよと言ったら、遠慮がちにチョコレートケーキも指さした。

俺は他に三つほど適当に選んだ。特に凝ったデコレーションでもなく、平凡なケーキばかりだ。俺は甘い物に目がないので、スイーツに関しては特別、舌が肥えている。こんなしょぼい店の地味なケーキでは味もさっぱりだろうが、まあいい。マリーが喜んでくれたのでよしとしよう。

男はてきぱきとケーキを箱詰めし、代金を口にした。安いものだ。マンハッタンのお気に入りのパティスリーショップで同じ数だけ買うと、三倍の金額になる。

「ありがとうございました。またいらしてください」

男が丁寧に頭を下げて見送ってくる。マリーが「バイバイ」と手を振ると、男はぎこちない笑顔を浮かべ、ぎくしゃくした動きで手を振り返した。ケーキをつくれるのだから手先は器用なのだろうが、性格はいかにも不器用そうな男だった。

まったく期待していなかったのに、ケーキは驚くほどうまかった。マリーはもちろんのこと、アシュレイも「このケーキ、本当に美味しいですね」と喜んで食べた。

俺は帰り道に、また上総洋菓子店に立ち寄った。たまには珠樹のご機嫌でも取っておこうと思ったのだ。不満が爆発して料理に変なものでも入れられたら、たまったものではない。夜にはアモンも来るだろうから、あいつの分も買って帰ろうと思いながら店の中に入った。

「いらっしゃいませ。……あ」

男は俺を見て驚いた顔つきになった。俺は素知らぬふりでショーケースの中を覗いた。さっきより中身が減って種類も少なくなっている。流行《はや》ってなさそうな店なのに、ちゃんと売れているようだ。

俺はケーキを三個だけ買った。男はケーキの入った箱を俺に手渡したあと、「あの」とためらいがちに話しかけてきた。

「一時間ほど前にも来てくださいましたよね？」

「ああ。知人の家に持っていって食べたら美味しかったので、また買いに来たんだ」

男は嬉しそうな顔で「ありがとうございます！」と頭を下げた。あまりにも嬉しそうな顔をするので、子供か、と言いそうになった。

「ここは君の店？」

「はい。店主の上総達朗《たつろう》といいます。オープンして、もうすぐ半年になります」

上総は作りものではない笑顔を浮かべて喋った。一日に二度も来てくれた客に、親近感を覚えているのだろう。最初に来た時より、おどおどしなくなっている。

「いい材料を使っているんだろうね。でなければ、あんな味にはならない。私はニューヨークに住んでいて、向こうで人気のあるスイーツは大抵食べているが、君のつくるケーキは負けてないよ」

そこまで褒められると半信半疑になるのか、上総は戸惑ったように「まさかそんな」と鼻の頭を指で掻《か》いた。自信がないのか謙虚なのか知らないが、ぱっとしない反応だ。俺はくだらないお世辞など言ったりしないのに。

素直に喜ばない上総に苛立った俺は、「しかし」と続けた。

「いかんせん見た目が地味すぎるね。もう少しデコレーションに凝ればいいのに。味はよくても君のケーキは田舎臭い」

上総の顔が強張《こわば》った。それを見て俺はいい気分になった。

「……ご意見ありがとうございます。でも俺は見た目で誤魔化《ごまか》すんじゃなく、味で勝負したいんです。だから極力、派手《はで》なデコレーションはしないようにしています」

怒ると思ったのに、意外にも冷静に言い返してきた。生意気な奴め。

「実にくだらないポリシーだ」

俺は鼻先で笑ってやった。そうとわかるほどの、明らかな侮蔑《ぶべつ》を込めて。

「客はケーキを買う時、わくわくしているんだ。自分では到底つくれないデコレーションを見て、みんな心を弾ませている。見た目で客を楽しませ、さらに舌で感動させるのが真のケーキ職人だ。君のこだわりは、ただの自己満足でしかない。努力を怠る言い訳にしか聞こえないね」

俺は顔色を失っている上総に背を向け、さっさと店を出た。言い過ぎたとは、これっぽっちも思わなかった。

# 2

その三日後、俺はまた日本に来ていた。目的は上総のケーキだ。あれだけえらそうなことを言った手前、少しばかり気まずかったが、上総のケーキがまた食べたくなったのだ。

珠樹の家に持っていって食べたケーキも絶品だった。これはもう是が非でも上総のケーキを全種類、制覇しなければならない。そんな使命感にも似た欲望は高まる一方だった。

ニューヨークは快晴の朝を迎えていたが、東京は生憎と雨の夜だった。豪雨と言っても差し支えないほどの土砂降りだ。

時間が遅いのでもう閉まっているかもしれないと思ったら、案の定、上総洋菓子店のシャッターは下りていた。というか、今まさに上総がシャッターを下ろしている最中だった。

ジーンズとダウンジャケット姿の上総は、シャッターを閉め終えると店の前に停《と》めてあった軽バンに乗り込んだ。これから家に帰るのだろう。

俺は少し離れた場所から傘を差して、上総の車が走りだすのを見ていた。残念だが出直すしかない。このままニューヨークに帰るか、それとも珠樹の家に寄るか。さて、どうしたものかと考えながら踵《きびす》を返した時、背後で急ブレーキの音がした。

振り返ると上総の車が進行方向に対し、斜めを向いて止まっていた。車の陰に傘が転がっている。

――事故だ。人を轢《ひ》いたのかもしれない。

俺はすぐさま駆けだした。激しい雨のせいか、暗い路上には他の車も走っていなければ、通行人の姿もなかった。運転席から飛び降りた上総が、慌てて車の前に回り込む姿が見えた。

「すみませんっ。猫が飛び出してきて、避けようとしたらスリップして……っ。大丈夫ですかっ？ しっかりしてください……っ」

上総の悲痛な叫びに混じって、幼い女の子の泣き声が聞こえてくる。

「パパ、パパァ……っ」

泣きじゃくる声を聞いて、俺は一瞬足を止めた。まさか。まさか、そんなことは――。

そうあってほしくないという気持ちで足を進めた。近づいていくと、車の向こうに倒れている男の足が見えた。

黒いスラックス。見覚えのある革靴。俺は確信を持って車の向こうに回り込んだ。

上総の車に轢かれたのは、やはりアシュレイだった。仰向《あおむ》けに倒れてぴくりとも動かないアシュレイの胸に、マリーがしがみついて泣いている。ピンクの小さな傘が後ろに転がっていた。

「パパ、起きて……っ、ひっく、パパ、パパ……っ」

上総は激しく動揺していて、「け、携帯、救急車を、警察も……」とぶつぶつ言いながら自分の身体をまさぐっていた。携帯電話はおそらく車の中にでも置いてあるのだろう。気が動転してわからなくなっている。

アシュレイは瀕死《ひんし》の状態だった。力を使って肉体をサーチしたら、大腿骨《だいたいこつ》と脳をひどく損傷していた。人は死ぬと魂が肉体から抜け出るが、離脱するまでにいくらかのタイムロスがある。俺はそのタイムロスに賭《か》けて、すぐさまアシュレイの怪我《けが》を治そうと試みた。

数秒でアシュレイの肉体の損傷はきれいに修復された。だが間に合わなかった。完全に修復を終える寸前に、彼の魂は肉体から出ていってしまったのだ。

――アシュレイ。行くな。自分の肉体に戻れ。

アシュレイの魂に呼びかけたが、彼には聞こえなかった。アシュレイは敬虔《けいけん》なクリスチャンだ。人が死ねば、その魂は神のもとに行くと信じている。

その信仰に基づき、彼の魂はするすると上昇し、やがて俺の目にも見えなくなった。次に会える時、彼は別の肉体を持ってこの世に生まれ変わり、マリーのことも覚えていないだろう。

「パパ、起きて……っ、パパ……っ」

アシュレイの死体にしがみついて泣いているマリーが憐《あわ》れだった。それにアシュレイを轢いてしまった上総も、憐れと言えば憐れだ。善良な男だが人を死なせてしまった以上、罪は免れない。

待てよ、と俺は考えた。上総が警察に捕まれば、もうあのケーキが食べられなくなる。それは困る。非常に困る。まだ全種類を制覇していないのに。

それにマリーにはアシュレイしか家族がいない。施設にでも行かされたら不憫《ふびん》だ。何よりこの子に会えなくなるのは、俺自身が寂しい。

五秒ほど考えて、俺は決めた。この方法は好きではないが、背に腹は代えられない。

深く息を吐いて瞼《まぶた》を閉じる。

――集中。意識の凝縮。

一瞬の転化だった。次に目を開けた時には、俺はずぶ濡《ぬ》れで地面に横たわっていた。自分を見下ろしているマリーの泣き顔と、上総の驚いた顔が見える。

さすがは俺。少々難しい作業だったが上手くいったようだ。

俺はポールの肉体を離れてアシュレイの死体の中に入り、同時にポールをニューヨークに返した。もちろん記憶は操作しておいた。

今頃、ポールは自分の部屋にいて、どうして室内で傘を差して立っているのかわからず、首を捻《ひね》っているだろう。

「……マリー。そんなに泣くんじゃない。パパなら大丈夫だよ」

微笑んで、雨と涙に濡れたマリーの頬《ほお》を撫《な》でる。

「パパ……！」

マリーは叫んで抱きついてきた。俺は身体を起こし、マリーを抱きかかえて立ち上がった。何事もなかったかのように動きだした俺を見て、上総は呆然《ぼうぜん》としている。

「娘が風邪を引いてしまう。帰らせてもらうよ」

「あっ。ま、待ってください……！　すぐに救急車を呼びます。それに警察も」

「必要ない。私ならこのとおり、ぴんぴんしている。どこも怪我などしていない」

転がったアシュレイの傘を拾い上げ、マリーの上に掲げた。

「で、ですけど……」

上総は信じられないといった顔つきで俺を見ていた。

「いいんだ。本当に問題はないから、救急車も警察も呼ばなくていい。面倒ごとはごめんだ。私のことは放《ほう》っておいてくれ。失礼」

俺は上総をその場に残し、マリーを抱いて歩きだした。

家に帰ってお風呂《ふろ》を沸かし、マリーと一緒に入った。

「身体が冷え切っているね。よく温まるんだよ」

「うん。……パパ、ごめんなさい。痛かったでしょ？　マリーのせいだね。マリーが有希《ゆき》ちゃんの家で、遅くなるまで遊んでいたから」

ふたりで浴槽に浸《つ》かっていると、マリーがそんなことを言いだした。しょんぼりして悲しそうだ。

俺はアシュレイの記憶を読み取っていたので、事情はすべてわかっていた。

マリーは幼稚園の友達の有希ちゃんの家に遊びに行っていたが、遊びに夢中になって約束の時間に帰らなかった。外はもう真っ暗だし激しい雨も降っていたので、アシュレイが有希ちゃんの家まで迎えに行くことになったのだ。

そして、その帰り道で事故に遭った。だからマリーは責任を感じて落ち込んでいる。

上総の車が突っ込んで来た時、アシュレイは咄嗟《とっさ》にマリーを突き飛ばしていた。それでマリーは無傷だった。アシュレイの愛情が娘を守ったのだ。

人間という生き物はつくづく不思議だ。人を騙《だま》し、裏切り、嘲《あざけ》り、時に殺しさえするのに、その反面、自分の命を投げ出して誰かを守ろうとすることもある。この矛盾及びアンバランスさは、他の生命体には見られない傾向だ。

「いいんだよ、マリー。ちょっと痛かったけど、今はもう平気だ。これからは約束の時間にはちゃんと帰ってくるんだよ？　いいね」

優しく言ってやると、マリーは笑顔を浮かべて「うん」と大きく頷いた。不憫な子だ。大好きな父親が本当は死んでしまったことも知らず、偽物の前で安心しきっている。

風呂から出たあと、夕食を用意してマリーに食べさせた。ポールは料理なんてまったくしなかったので、俺もいっさいつくらなかったが、アシュレイは娘のためにいつも栄養バランスのいい食事を調理していた。アシュレイになった以上、俺もそれに倣うしかない。

アシュレイの記憶と習慣を使えば料理など造作もないが、やはり面倒くさい。フライパンで卵を焼きながら、俺は自嘲《じちょう》の薄ら笑いを浮かべた。

——この俺が料理とは！　しかも赤いエプロンをつけて！

珠樹が俺のこんな姿を見たら、きっと鬼の首を取ったように「アシュトレト、すごく似合うね」と手を叩《たた》いて笑うだろう。

食事が終わり、マリーを子供部屋に連れていきベッドで寝かしつけた。絵本を読んでやると十分もしないうちに瞼が落ちてきて、寝息を立てて眠ってしまった。天使のような寝顔を眺めながら、これからどうしたものかと考えていたら、玄関のチャイムが鳴った。

一階に下りてドアを開けると上総が立っていた。予想はついていたので驚きはない。いくら大丈夫だと言われても、自分が轢いた相手のことは気になるだろう。

「あの、この傘はお嬢さんのですよね？」

上総はマリーの傘を持っていた。俺は礼を言って傘を受け取ってから、「どうしてうちを知っているのかな？」と尋ねた。

「牧師さんのことは、以前から見かけて知ってました。すみません、いきなり押しかけて。あの、お身体のほうは……？」

「平気だ。さっきもそう言っただろう。まったく異常はないよ。だから安心して帰りなさい」

俺がドアを閉めようとしたら、上総は「待ってくださいっ」とドアを掴《つか》んだ。

「今はなんともなくても日が経《た》ってから痛んだり、後遺症が出たりするかもしれません」

「もし仮にどこか悪くなっても、絶対に君には迷惑をかけないし、責任を押しつけたりもしない。心配なら誓約書でも書こうか？」

あとになって治療費を寄《よ》こせと言われるのが嫌だから、しつこく言ってくるのだろうと思っていたが、上総は「そういうことを言ってるんじゃありませんっ」と声を荒らげた。

「あなたの身体が心配なんです。俺、近所で洋菓子店をやっている上総達朗という者です」

上総が自分の名刺を出してきたので、俺は渋々受け取った。

「お嬢さんのお友達のお母さん方が、よくうちにケーキを買いに来てくれます。聞くつもりはなくても、噂話が耳に入ってしまうんです。牧師さんは奥さまに先立たれて、お嬢さんとふたり暮らしだと聞きました。あなたの身に何かあったら、お嬢さんはどうなるんですか？　お願いですから病院に行ってください。俺も一緒に行きますから」

変な男だ。他人の家庭の事情まで心配しているらしい。押しつけがましい善意は好きではないが、この場合、上総が責任を感じて必死になるのも、まあ無理はないかと思えた。

「わかった。では明日、病院に行こう。それでどこにも異常がなければ、君だって安心だろう？」

「はい。そうしてください」

上総は安心したように頷き、明日の朝、迎えに来ると言って帰っていった。

俺はやれやれと溜め息をついた。人間というものは、本当に面倒くさい。


「……本当にアシュトレトなの？」

珠樹はぽかんと口を開けて、俺の変わり果てた姿を見ている。

炬燵に足を入れたアモンは特に驚きもせず、「また金髪か。代わり映えしないな」と率直な感想を漏らし、珠樹がつくった昼食のおにぎりにかぶりついた。だがすぐに「ん？」と顔を上げた。

「おい。その男は牧師じゃないか」

アモンはアシュレイの職業を読み取り、軽く眉をひそめた。アモンも俺同様に天使どもを嫌っている。当然、聖職者も好きではない。

「え？　その人、牧師さんなの？　……あ。もしかして三丁目にある教会の牧師さん？　そうだよね？　見たことある顔だもん」

「そうだ。名前はアシュレイ・エイミス。三十五歳のアメリカ人。職業は牧師」

「アシュトレト。どうして牧師の身体に入った。しかもそれは死体じゃないか。牧師の魂はその身体の中にないぞ」

アモンに目敏《めざと》く見抜かれた。隠しておくつもりはないので別に構わないが、死体と聞いて珠樹のほうが顔色を変えた。

「ど、どうしてっ？　どうして牧師さん、死んじゃったの？」

俺もおにぎりに手を伸ばし、ひとくちかじった。よし。当たりだ。具は好物の鮭《さけ》だった。塩加減もちょうどいい。

「前にユージンの死体に入ったアモンのこと、馬鹿にしてたよね？　死体に入るなんて嫌だって言ってたのに、どうしてそんなことになったんだよ」

「馬鹿にしたんじゃない。馬鹿な奴だと思っただけだ」

生きている肉体を操るより、死体を操るほうが何かと気をつかう。死体はうっかり気を抜けば心臓が止まる。常に自分の気を体内に巡らせておかないと、あちこち不具合が出てくるのだ。こまめなメンテナンスが必要なポンコツ車に乗っているようなものだ。

「緊急事態だったんだよ」

俺はおにぎりを頬張りながら、こうなった顚末《てんまつ》を話して聞かせた。俺にすれば、そうするだけの正当な理由があったのに、話を聞き終えた珠樹は「信じられない！」と眉尻《まゆじり》をつり上げて怒りだした。

「ケーキが食べたい一心で、亡くなった牧師さまの身体に入るなんてどうかしてるよっ。そんなの絶対におかしい！　アモンもなんか言ってやってよ」

アモンは少し困ったように珠樹の顔を見ている。馬鹿な奴だ。アモンに人間的道義心や倫理観を求めても無駄なのに。案の定、アモンは「そうだな」と必死で言葉を探し始めた。

「……あの店のケーキは確かにうまかった」

珠樹は自分の恋人も、少し前まではまるで意志の疎通が取れない唐変木だったのを思い出したのか、頭を押さえて「聞くんじゃなかった」とうなだれた。

「しかし珠樹。何が問題なんだ。アシュトレトが牧師の身体に入ったことで、その上総という男は罪に問われなかったし、マリーという娘も父親を失う悲しみを味わわずに済んだじゃないか」

「あのね、アモン。上総さんにとっては確かによかったかもしれないけど、マリーちゃんは本当のお父《とう》さんが死んでしまったんだよ？　身体はお父さんでも中身はアシュトレトなんだ。他人をお父さんだと思い込んでいるなんて、可哀想《かわいそう》じゃないか」

珠樹がそう訴えてもまだぴんとこないらしく、アモンはよくわからないというような顔をしている。

珠樹は「ああ、もうっ」と炬燵の天板を叩いた。

「アモンは俺が死んで、俺の魂がどっかに行っちゃって、代わりにこの身体にアシュトレトが入ってもいいわけ？　身体が俺のままなら、今と変わらない気持ちで愛せるの？　そんなことになっても平気なの？」

その喩《たと》えを聞いてようやくアモンはハッとした顔つきになり、「駄目だっ」と首を振った。

「そんなのは絶対に駄目だ！　それはもう珠樹じゃない。愛せるはずがないだろ。中身がアシュトレトだなんてやめてくれ。想像するのも嫌だ」

好き勝手言ってくれる。俺だって珠樹の肉体に入ってアモンに愛されるなんて絶対にごめんだ。

「よかった。わかってくれたんだね」

珠樹は子供の成長を喜ぶ母親のような顔で、アモンの頭をよしよしと撫でた。しかし俺に顔を向けた時は、もう表情は一変して険しかった。

「で、アシュトレト。その場の思いつきで牧師さんの身体に入ったのはいいけど、これからどうするつもり？　どうせ上総さんのケーキを食べ尽くして、ペットを可愛がるみたいにマリーを可愛がって、十分に気が済んだらまた別の身体に移るんだろう？」

「そのつもりだが、何か問題でも？　マリーにすれば昨日死ぬはずだった父親が、まだしばらくは生きていてくれるんだ。それが偽者の父親でも、マリーにとって悪いことじゃない」

平然と答えた俺を見て、珠樹は盛大な溜め息をついた。

「アシュトレトに子育てなんて無理だよ。……でも、もうその身体に入っちゃったものはしょうがないか。マリーには引き取ってもらえるような親戚《しんせき》はいないの？」

「アメリカにアシュレイの兄夫婦がいるようだが、不仲で十年以上、連絡を取り合っていない。クリスマスカードも送っていなかったようだから、相当だな」

「じゃあ、今のうちに連絡をして関係を修復して。マリーの写真とか送ってさ、姪《めい》っ子の存在をアピールしてあげてよ。弟に何かあった時は自分たちがマリーを引き取って育ててあげようって、思ってくれるかもしれないだろ」

「面倒くさい。頭の中を弄《いじ》ればいいだけの――」

「駄目！　自発的にそう思ってくれるようにするのっ。牧師さんの身体に入った以上、やるべきことはやってから出ていくっ。それが身体を借りた相手への最低限の礼儀だからね」

アモンはともかくとして、どうして俺まで人間のガキに説教されなくてはいけないんだ。俺は甚だしく不服だったが、これも可愛いマリーのためだと言い聞かせ、むっつりと頷いた。

「ところで上総さんのことだけど。一緒に病院に行ったんでしょ？　どんな感じだった？　急に性格が変わっちゃった牧師さんのこと、変に思ってない？」

「あいつは本物のアシュレイと話したことはないから、何も気づいていない」

朝、マリーを幼稚園に送り出したあと、アシュレイの習慣に従って洗濯や掃除をしていると上総がやって来た。

このとおり元気に掃除をしている、一晩経っても異常がないんだから、病院はもういいだろうかと言ったが、あの男は駄目だと言い張り、一歩も譲らなかった。

仕方なく上総の軽バンに乗って病院に行ったが、当然どこにも異常など見あたらなかった。死体だが俺が中に入って維持している間は、呼吸も心臓の鼓動も細胞の再生も、生きている人間の身体となんら変わりなく生命活動が行われるのだ。

上総は異常なしの診断にホッとしたのか、帰りの車の中では口数が多くなった。聞いてもいないのに高校卒業後、菓子職人を目指して田舎から上京し、いろんな店で働いて経験を積み、こつこつと金を貯《た》め、三十歳にしてようやく念願の自分の店が持てたのだと語った。

本当に真面目《まじめ》な男で怪我もしていなかったというのに、お見舞いと称して一万円札が数枚入った白い封筒を差し出してきた。今にも止まりそうなボロボロの車に乗った、どう見ても裕福とは言い難い男から金を受け取る気にはなれず、俺はそんなものはいらないと突っぱねた。

だが上総が引き下がらないので面倒になり、「悪いと思っているなら、お詫《わ》びに君の店のケーキでも持ってこい」と言い捨てて車を降りた。

「……お、もうこんな時間か。スーパーに買い物に行かないとな。一時間後にはマリーが幼稚園から帰ってくるし、忙しいんだ」

俺はいそいそと立ち上がった。珠樹は複雑そうな表情で「なんだかなぁ」と呟《つぶや》いた。

「アシュトレトがお父さんだなんて本当に心配だよ。お願いだから、ちゃんと面倒見てあげてよ。もし慣れない子育てが辛くなったら、俺にすぐ相談してね。虐待とか絶対にしないでよ」

「俺は育児ノイローゼになってる新米ママか。余計なお世話だ。俺がその気になれば、子育てだろうが家事だろうが完璧にこなせる。そんなに心配なら、いつでも様子を見に来い。じゃあな」

俺は珠樹の家を出たあと、スーパーに寄って食料品を購入した。今夜の夕食はマリーの好きなビーフシチューだ。

アシュレイがするように俺は人参だのジャガイモだのを、てきぱきと買い物かごの中に入れながらスーパーの中を歩いた。時々、見知った顔がいたので、牧師らしい優しい笑顔と柔らかな物腰で対応していく。

「あら、牧師さま。夕食のお買い物ですか？」

支払いを済ませてレジ袋に買った食材を入れていたら、ぶよぶよと太った品のない顔をした中年女が、大声で話しかけてきた。

見ればわかるだろうババァ、と思いながら、俺はにこやかに「ああ、田中《たなか》さん。こんにちは」と返事をした。教会の信者ではないが、慈善バザーなどでよく協力してくれる近所に住む暇な主婦だ。

「今日はシチューなんですね」

他人が買ったものをじろじろ見るな、デリカシーのない女だな、と内心で罵倒《ばとう》しつつ、「そうなんですよ」と俺は少し恥ずかしそうに微笑む。

「マリーが大好きなもので」

「マリーちゃん、こんな優しいお父さんがいて本当に幸せね。それに引き替え、うちの旦那《だんな》なんてカップラーメンくらいしかつくれないんですよ。情けないったらないわぁ」

お前の駄目亭主のことなんて知ったことか、と言いたいのを我慢して、俺は「マリーの幼稚園バスが、そろそろ来る頃なので失礼します」と頭を下げ、スーパーを出た。

家に帰ってから食料品を冷蔵庫に入れ、俺は再び外に出た。少しすると、すぐ前の道路に黄色いバスが止まり、俺の愛おしいマリーが降りてきた。

「マリーちゃん、さようなら。また明日ね」

先生に声をかけられ、嬉しそうに「さようなら」と手を振り返す。俺は先生に会釈をした。

上島《うえしま》という名前のまだ年若い先生は、アシュレイを意識しているのか恥ずかしそうに頭を下げた。なかなかの美人だが、マリーの先生だから手は出せない。残念だ。

バスが走り去ってから、俺はマリーと手を繋《つな》いで家まで歩いた。

「マリー、幼稚園は楽しかった？」

「うん！　楽しかったよ。今日ね、新しいお遊戯したの」

マリーは幼稚園での楽しかった出来事を、一生懸命に話してくれた。アシュレイはこの時間をことのほか大事にしていたようだが、その気持ちは俺にもよく理解できた。朝、送り出した可愛い娘と、数時間ぶりに再会できるのだ。嬉しいに決まってる。

人間になりきるのは簡単だし、俺にとっては造作もないことだが、やはりそれでも多少は疲れる。ずっと芝居をしているのだから、当然といえば当然の話だ。

だがマリーの顔を見ていると、そんな疲れも吹っ飛んでしまう。アシュレイの中に入ってアシュレイの記憶や気持ちを自分のものにしてから、なおさらマリーが愛おしくなった気がする。

しかし、と俺は残念な気持ちで考えた。子供の可愛い時期は一瞬だ。マリーもすぐ成長し、今よりどんどん不細工になり、そして生意気になっていくのだろう。やるせない話だ。犬や猫も子供の時が一番可愛いが、人の子もそれと同じだ。

だが、まあいい。どうせマリーと一緒にいるのも今だけだ。俺は飽き性だから、すぐにまた違う人間になって違う場所に住みたくなる。それまでにマリーを引き取ってくれる相手を探してやろう。

珠樹は俺をいい加減だと思っているようだが、それくらいの責任感はちゃんとあるのだ。


「今度はなんの用だ？」

その夜、また上総が訪ねてきた。俺はこれみよがしな溜め息をついて見せ、お前の訪問など迷惑だと態度で示した。

上総は本当のアシュレイを知らない。だから彼の前だと芝居をするのが面倒で、つい地の俺が出て態度が横柄になってしまう。

「お詫びのケーキを持ってきました。よかったら、お嬢さんと食べてください」

四角い紙箱を差し出され、俺はあんな戯《ざ》れ言《ごと》を本気にしたのかと呆れた。嫌みなほど生真面目な男だ。だが、せっかく持ってきたなら断る理由もない。

俺は「ありがとう」と礼を言ってケーキを受け取り、ドアを閉めようとした。

「パパ。お客さま？」

パジャマ姿のマリーが二階から下りてきて、上総を見て「あ」と声を上げた。

「昨日のお兄ちゃん」

「ああ。昨日のおじさんだよ。事故のお詫びにって、ケーキを持ってきてくれたんだ」

おじさんと訂正したのに、マリーは「ありがとう、お兄さん」と上総に笑顔を向けた。

「お兄さん、ケーキ屋さんでしょ？　マリー、前にポールさんとお店に行ったことあるよ」

上総はしゃがみ込んでマリーと目線の高さを合わせ、「うん。覚えてるよ」と頷いた。

「あの時はありがとう。あの人、ポールさんっていうんだ。ポールさんは、もうニューヨークに帰っちゃったのかな？」

マリーは「えーとね、えーと」としばらく考えてから、「マリー、わかんない。パパに聞いて」と答えた。

「ポールならもう帰国したよ」

「そうですか。あの人はまた日本に――」

言いかけて、上総は恥ずかしそうに黙り込んだ。途中で腹の虫が盛大に鳴ったのだ。あまりに大きかったので、マリーはくすくす笑って「お兄ちゃん、お腹《なか》が空《す》いてるの？」と尋ねた。

「うん。晩ご飯、まだだから」

上総は照れ笑いを浮かべて立ち上がった。

「だったらシチュー食べる？　まだたくさん残ってるよ。パパのシチュー、すごく美味しいの。ね、食べていって！」

子供らしい思いつきを口にして、マリーが上総の手を引っ張った。上総は焦り気味で「いや、駄目だよ。嬉しいけど、もう遅いし」と断ったが、マリーは上総の手を離そうとしない。

「入って！」

「いや、本当にいいよ。迷惑だから」

「平気。パパはすごく優しいもん。世界一優しいのよ」

　さっさと帰れと思っていたが気が変わった。マリーにそうまで言われると、ここは器の大きい父親ぶりを発揮するしかない。

「上総くん。ぜひ食べていってくれないか。マリーはひとりっ子だから、誰かが来てくれると嬉しくて仕方がないんだ。時間があるなら、少しでいいから上がっていってほしい」

　俺に優しい声で頼まれたのが嬉しかったのか、上総は表情を明るくして「じゃあ、お言葉に甘えて」と靴を脱いだ。断るだろうと思ったのに、意外と図々しい男だ。

　上総は本当にお腹が空いていたらしく、大きめの皿に注いだシチューがあっという間になくなった。鍋に半端な量が残っても困るので、おかわりを勧めた。最初は遠慮したが、もう一度勧めたら恐縮しながら皿を渡してきた。

　俺とマリーは同じテーブルで、上総が持ってきたケーキを食べた。唇に生クリームをつけたマリーが「上総お兄ちゃんのつくったケーキ、美味しいね」と目を糸のように細める。だから俺の目まで同じように細くなる。俺とマリーはにこにこと微笑み合いながらケーキを食べた。

　アシュレイは、マリーを九時までには必ずベッドに入らせると決めていた。普段は甘いパパだがそこだけは厳しく徹底していたので、俺もまだ上総と遊びたがっていたマリーに「歯を磨いておいで。それが終わったらベッドに行きなさい」と告げた。いつもは聞き分けのいいマリーが、まだ遊びたいと珍しく愚図《ぐず》った。

こういう時、アシュレイは毅然《きぜん》とした態度でお尻をぶったりするのだが、俺はそうしたくなくて、「上総くんなら、また遊びに来てくれるから」などとうっかり言ってしまい、本気にしたマリーは上総と指切りして二階に上がっていった。

「本当に可愛いお嬢さんですね」

俺が淹れた食後のコーヒーを飲みながら、上総が羨《うらや》ましそうに言った。

「ああ。目に入れても痛くないほど可愛いよ。君は独身かな。子供好きのようだし、早く結婚して子供を持つといい」

上総は一瞬、微妙な表情をしたが、すぐに苦笑を浮かべて「相手がいないことには」と頭を掻いた。

「なんだ。いい年をして恋人のひとりもいないのか」

「はい。仕事に夢中になりすぎて、恋愛はさっぱりです。……あの。お友達のポールさんという方は、また日本に来られますか？」

「どうかな。彼は忙しい男だから、今度いつ来るかはわからない。ポールに何か用事でもあるのか？」

「用事ってほどのことではないんですが、あの人に言いたいことがあって」

どうせ俺に自分の信念を批判されたことが気に入らず、まだ根に持っているのだろう。それで反論する機会を狙《ねら》っているに違いない。爽《さわ》やかな見た目とは違って、中身は執念深い男だ。

「よかったら俺がポールに伝えようか」

どう反論してくるのか興味が湧《わ》き、上総の言葉を聞きたくなった。上総は少し迷ったようだが、俺の申し出を受けた。

「じゃあ、お願いできますか。……この前、ポールさんに言われたんです。ケーキの見た目にこだわらない俺は、努力を怠っているって。俺はデコレーションに凝った派手な見た目より、材料や味をとことん追求して、本当に美味しいケーキを提供したいと思って頑張ってきました。だからその時は、ポールさんの言葉に反発を覚えました。でもずっと考えていて、ポールさんの言うとおりだと思えてきたんです。一瞬でお客さんの心を弾ませて、見ただけで幸せな気持ちになるようなデコレーションも、ものによっては必要なんだって。だからこれからは、そういった種類のケーキも頑張ってつくっていこうと思います。そのことをポールさんに伝えたかったんです」

上総は俺がずっと黙っているので気恥ずかしくなったのか、「いや、なんかあれですね」と視線を泳がせた。

「たかがケーキに何むきになってるんだって感じで、暑苦しいですよね。俺、昔からこうなんですよ。ケーキのこととなると、妙に力が入り過ぎちゃって」

人間は愚かしい生き物だが、俺は何かにひたむきに打ち込む人間の姿は好ましく思っている。食文化であれ芸術であれ、向上心を持って努力を惜しまない人間だけが、何かを生み出していくのだ。消費するしか脳がない人間に比べれば、ずっとましだ。

「暑苦しくてもいいいんじゃないか。俺は君のケーキが好きだから、これからもどんどん努力して、よりいっそう美味しいケーキをつくっていってもらいたいと思う」

上総は俺の言葉を聞いて俯《うつむ》いてしまった。ちょっと褒めただけで、耳まで赤くしている。今時、珍しいほど純情な男だ。

「さっきの話は、必ずポールに伝えておくよ」

上総は赤い顔のまま、「ありがとうございます」と俺に頭を下げた。

# 3

善人の皮を被《かぶ》り、穏やかに暮らす日々が過ぎていく。

マリーとのふたりきりの生活は、退屈であればあるだけ不思議と楽しかった。また牧師の仕事は、皮肉な意味で面白かった。

俺はアシュレイの兄に何度か会いに行った。正しくはどういう人物かを知るために、彼の暮らしぶりをこっそり観察しに行ったと言うべきか。

アシュレイの兄はフランクといって、ピッツバーグで妻とふたりの息子と暮らしていた。職業は保険のディーラーで、収入は中の上。美形のアシュレイとは似ても似つかない不細工なデブで、猜疑《さいぎ》心と嫉妬《しっと》心の塊みたいな男だった。

妻は反対に痩《や》せてガリガリで、いつも眉間《みけん》にしわを寄せながら、どうしてこんな男と結婚してしまったんだろうと、一日に十二回くらい後悔しているような陰気な女だった。

息子は十四歳と十歳で、どちらも見るからに頭の悪そうなクソガキだ。秀でた部分はまるでない。まあ、あの両親に育てられたのだから、それも当然の結果か。

珠樹は兄夫婦にマリーを引き取ってもらえるように努力しろと言ったが、俺は彼ら家族を見て冗談じゃないと思った。あんな豚家族に俺の可愛いマリーを任せられるはずがない。マリーが不幸になるのは、目に見えている。あの家に送るくらいなら、まだ施設にやるほうが何倍もましだ。

そうは言っても施設も可哀想だ。どこかの孤独な大富豪の記憶を操作して、マリーを引き取りたくなるように仕向けてやろうか、それとも子供のいない裕福な夫婦がいいか、などと考えたりもしたが、どれも気が進まなかった。

「パパ！　上総お兄ちゃんが来てくれたよっ」

キッチンで夕食の支度をしていると、マリーが上総の手を引っ張って戻ってきた。やけに早い到来だなと思ってから気づいた。今日は上総洋菓子店の定休日だ。

「こんばんは、アシュレイ。すみません、ケーキだけ渡して帰ろうとしたんですが……」

「いいよ。わかってる。マリーが帰っちゃ駄目って駄々《だだ》をこねて困らせたんだろう。まったくうちのお姫さまは、上総が大好きすぎて困ったものだ」

律儀な上総はあれから毎日、仕事帰りにわざわざケーキを持ってくるようになった。おかげでやけに親しくなってしまった。こういうのを家族ぐるみのおつき合いというのだろうか。

マリーは美味しいケーキと大好きな上総がセットでやって来るので、嬉しくてならないようだ。上総に懐きすぎなので面白くない気分もあるが、マリーのはしゃいだ顔を見ると、まあいいかと思える。この子の笑顔は俺にとって何よりの癒《いや》しであり、かけがえのない喜びだ。

人間は大事なペットが死ぬと、そのストレスからペットロス症候群と呼ばれる精神疾患を発症することもあるそうだが、俺もマリーを失ったらさぞかし辛いだろう。そういう不安を珠樹に話したら、ペットと人間の子供を同等に考えるなと怒るだろうが、俺たち種族から見れば人間は下等動物なのだから仕方がない。

だからといって可愛がる気持ちに嘘《うそ》はないし、俺は本当にマリーを大事に育てているのだ。この俺が、あの善良なよき父親だったアシュレイにも負けず劣らず頑張っているのだから、すごいことではないか。

「ケーキ、冷蔵庫の中に入れておきますね」

「上総。店は休みだろう。うちに持ってくるために、わざわざケーキをつくったのか？」

そこまでされると困る。そもそも毎日ケーキを持ってくるのがやりすぎだ。このへんで恒例になりつつあるケーキ訪問に、ストップをかけたほうがいいのかもしれない。

そんな気持ちが顔に出ていたのだろう。上総は少し不安そうに「迷惑ですか？」と言った。迷惑かと聞かれたら、そうでもない。上総のケーキは食べ飽きないし、上総が来ればマリーの可愛い笑顔も見られる。

だが俺は毎日のように上総が来て、三人で夕食を食べたりお茶を飲んだりするこの時間を、どこか居心地悪く感じていた。理由は深く考えておらず、上総が厚かましいから嫌なんだろうと思い込んでいた。

「すみません。俺のケーキをアシュレイもマリーも喜んで食べてくれるから、嬉しくてちょっと調子に乗ってました。毎日来られたら迷惑ですよね」

「迷惑じゃないもんっ。上総お兄ちゃんが来るとマリー嬉しい。パパだってそうだよね？」

マリーが俺を振り返って尋ねる。マリーに心の狭い父親だと思われるのが嫌だから、俺は「もちろんだよ」と微笑んだ。

「誰も迷惑だなんて言ってないだろ。早とちりしないでくれ。俺は君の負担になっていないか、それを心配してるだけだ。夕食、食べて行くだろう？」

微笑んで尋ねてやったら、上総は嬉しそうに「ありがとうございます」と頷いた。単純な男だ。俺がちょっと優しい態度を取ると、子供みたいな顔になる。

この男は何が楽しくて、毎晩うちに来るのだろう。事故のお詫びのつもりというより、むしろ自分が来たくて来ているように感じる。

力を使って頭の中を覗き込めば、上総の考えていることなどすぐわかるのだが、差し迫った必要がない限りしたくはない。人間の社会で暮らす時は、人間と同じように目と耳だけを使って相手を観察し、そして内面を推察するのが退屈しないためのルールでもある。カードゲームをする時、相手の持ちカードを見てしまっては、面白くもなんともないのと同じだ。

上総はマリーにせがまれて、ソファーで絵本を読み始めた。料理しながら、何度も彼の顔を盗み見ている自分に気づき、俺は怪訝《けげん》に思った。

なぜ俺は、こんなに上総の顔ばかり見てしまうのだろう？

まったく解せない。上総のことがわからないのはいいが、自分のことがわからないのは問題だ。

夕食を食べ終わった頃、玄関のチャイムが鳴った。マリーが「お客さまだ！」と玄関に飛び出していく。俺は訪問客が誰か一瞬で見抜き、何しにきたんだと思いながら玄関に向かった。力を使ったのではない。仲間が現れると空気でわかるのだ。

「君がマリーちゃん？　可愛い！」

玄関で珠樹が目尻を下げていた。アモンは珍しい小動物でも見るように、マリーを観察している。

「お兄ちゃんたち、だあれ？」

「マリー。ふたりはパパのお友達だよ。……こんな時間に何しに来たのかな？」

冷ややかな笑みを浮かべて尋ねる。

「心配だから様子を見に来たんだよ」

珠樹はそう答えて靴を脱ぎ始めた。誰も上がっていいと言ってないのに図々しい奴だ。だが厚かましいと文句を言えば「いつも人の家に無断で上がり込むくせに、どっちが！」と騒ぎそうだったので、仕方なく招き入れてやった。

「上総が来ている。このところ毎晩だ」

「え？　どうして？」

「事故のお詫びのつもりで、ケーキを持ってうちに来るんだ」

珠樹は感心したように「へー」と目を丸くして、リビングに入った。

「上総。紹介するよ。俺の友人のア――ユージンと珠樹だ。遊びに来てくれた」

上総は突然現れた珠樹とアモンに驚いていたが、礼儀正しく挨拶した。だがやはり慣れない相手は苦手なのか、目に見えて態度が硬くなった。

「上総さんって上総洋菓子店のパティシエなんでしょう？　前にアシュト――じゃなくてアシュレイにもらって食べたことあります。すごく美味しかった」

「ありがとうございます」

人好きのする珠樹が相手でも、上総は少しぎくしゃくしている。俺と話す時も最初の頃はこうだったな、と思い出した。

「珠樹ちゃん、ゲームしよう！」

マリーに誘われ、珠樹は「うん、しようっ」と元気に返事をした。幼稚園児にちゃんづけで呼ばれて違和感がまったくないのは、どういうことだ。精神年齢が近いのかもしれない。

上総も交えて三人で楽しそうにゲームを始めたので、俺はキッチンで食器を洗った。アモンがそんな俺の姿を見て、「驚いた。お前が家事とはな」と呟いた。

「何だってやるさ。俺はマリーの優しいパパなんだから。ところでポールはどうしてる？」

「お前、慌てていたから雑に扱っただろう？　ポールはしばらく頭の中が混乱して、精神が不安定になった。ユージンの母親が心配するものだから、俺がフォローして彼の記憶を整理しておいた」

「すまないな。恩に着るよ」

俺がウインクすると、アモンは溜め息をついた。

「よりによって牧師とはな。天使にはくれぐれも気をつけろよ」

天使どもは気まぐれに教会に現れ、信仰熱心な人間を眺めては喜ぶという変態的趣味がある。自分たちの縄張りである教会に、牧師になりすました俺がいるのを見つけたら激昂《げっこう》しかねない。

「お前こそアズライールに気をつけろよ。あの野郎、まだ逃げてるみたいだしな。……ところでちょっと耳を貸せ」

俺が泡だらけの指でちょいちょいと手招きすると、アモンは怪訝な表情で俺の口もとに耳を寄せてきた。

「来る前に珠樹を抱いただろう？　珠樹の首筋にできたてのキスマークがついてたぞ」

アモンは顔を離し、「何か問題でも？」と平然と聞き返してきた。

「お前はデリカシーがないな。あんなはっきり見えるところにつけられたら、珠樹が困るだろう。あいつは照れ屋なんだから、少しは気をつかってやれよ」

珠樹を思いやって言ってるのではない。アモンをからかってやりたかっただけだ。案の定、珠樹が困ると指摘された途端、アモンは急に動揺して「そ、そうか。そうだな」と頷いた。

「……なあ。お前、あいつが死んだらどうするんだ。また生まれ変わりを探すのか？」

これだけ珠樹を愛しているアモンだが、俺たちの感覚で言えば別れなどすぐ目の前にある。アモンがこれから先のことを、どう考えているのか興味があった。

「わからない。あまり考えたくないんだ。……だが、前に珠樹に言われた。生まれ変わった自分は今の自分じゃない。だから探してくれなくていいと」

珠樹の言葉には一理ある。魂は同じでも転生すれば記憶がなくなるし、生い立ちも生活環境も変わるから性格も当然違ってくる。

人間たちはいくら豊富な経験をして、生涯を通してたくさんの知識を吸収しても、生まれ変わったらまた一から始めるのだ。ご苦労なことだ。

まれに過去生の記憶を持つ人間もいるが、それは覚えているだけであって、過去に生きた自分のアイデンティティと今の自分のアイデンティティを、きれいに一致させるのは不可能だ。

「俺は何度転生を繰り返しても、中に入っている魂はひとつだから、それは同じ人間だと思っていた。だが珠樹を愛してわかった。珠樹という人間は今しかいない。過去にも未来にも存在しないんだ」

アモンの悲しそうな瞳を見ていくらかは同情したが、慰める気にはなれなかった。

俺たち種族と人間の恋にハッピーエンドはない。世界各地に残る神話や伝説や民話を見ても、それは明らかだ。人と人外の恋は悲恋と相場が決まっている。そんなことはわかりきったことだ。

人間の魂は肉体を拠《よ》り所《どころ》にして、初めてこの世界で生きられる。だがその肉体はあまりにも脆《もろ》く、すぐに滅んでしまう。俺たちから見れば夏の蟬《せみ》のようなものだ。

それに引き替え、俺たちは魂だけの状態で永遠にこの世に存在できる。あまりにも次元が違いすぎて、本当の意味で一緒に生きることなど、決してできはしないのだ。

俺たち種族が真剣に人間を愛すると、その先には必ず絶望が待っている。


「……ユージンさんとは、長いつき合いなんですか？」

リビングのソファーでワインを飲んでいたら、隣に座った上総がやけに思い詰めた表情で呟いた。アモンと珠樹は少し前に帰り、マリーはもう自分の部屋で寝ている。リビングにいるのは俺と上総だけだ。

最近、マリーが寝たあとにふたりでワインを飲むことがあり、今夜もなんとなくそういう雰囲気かと思いグラスを用意した。いつもはちびちび飲む上総なのに、あっという間にぐいぐいと三杯もグラスを空けてしまった。アルコールには弱い男なので、もうほんのりと頬が赤い。

「そうだな。長いと言えば長いかな」

「キッチンでユージンさんと喋ってましたよね。すごく身体をくっつけて」

意味がわからず首を捻りたくなったが、キスマークのことを耳打ちした時のことを言っているのだと気づいた。上総はどこか恨めしげな目つきで俺を見ている。言いたいことがあるのに、言いだせなくて悶々《もんもん》としている顔つきだった。

俺は笑いそうになった。なんだ。そうだったのか。俺としたことが迂闊《うかつ》だった。

「あいつに嫉妬してるのか？　なんだ、君は俺のことが好きだったのか」

「い、いえ、そういうわけじゃ……っ」

上総は慌てて俺から目を背けた。口では否定しても、さらに顔が赤くなっている。上総の気持ちがわかり、俺はようやくすっきりした気分だった。この男は俺が好きで、だから俺と寝たいのだ。それでケーキを口実に毎日やって来る。

自分の鈍感さに驚いた。考えなくても上総の態度からわかりそうなものなのに、今までなぜ気がつかなかったのだろう。身体の維持に少し神経を使いすぎて、勘が鈍っているのかもしれない。

よくよく思い返してみると、早く結婚して子供を持ったらいいと言った時も、上総は微妙な顔をしていた。ゲイならあの反応も納得だ。

俺はあらためて上総の横顔を見つめた。最初の頃はどこにでもある顔だと思っていたが、不思議と見慣れてくるほど悪くないと思えてきた。それに身体つきもがっしりしていて、筋肉もいい具合についている。

過剰なトレーニングでつくったボディビルダーのような肉体は気持ち悪くて好きではないが、自然と鍛え上げられた男の肉体美は好ましく思っている。俺はたくましい男が好きだ。

上総の身体を舐《な》め回すように見ながら、もうその気になっている自分に気づき、俺はこっそり唇を舐めた。

「俺を抱きたいのか？」

腿《もも》に手を置いて囁《ささや》いた。

「そ、そんな……っ」

上総は耳まで真っ赤にしながら首を振った。まったくどこまでも純情な男だ。今時、こんな男もいるんだな、と感心した。

「じゃあ、俺にまったく興味はないのか」

「い、いえ、そういうことでは……っ」

「どっちなんだ。はっきりしろ。俺ははっきりしない男が嫌いだ」

俺が叱《しか》ると上総は顔を赤くしたまま、「すみません」と謝った。

「俺はあなたが好きです」

「だったら俺と寝たいんだろう？　それとも寝たくないのか？　どっちなんだ」

「……ね、寝たいです。すみません」

大きな図体を丸め、上総は申し訳なさそうにまた謝った。なぜ謝るのかさっぱりわからない。好きだから寝たいと思うのは、自然なことではないのか。

「牧師さまにこんなこと言うなんて、俺、自分でもなんて奴だって思います」

ああ、そうか、と思った。上総は神に仕える聖職者に対し、欲望を感じてしまう自分を恥じているのだ。あまりにもくだらない遠慮だ。

「牧師だって人間だ。人間である以上、性欲もある。……君が俺を抱きたいというなら、俺は拒まない。どうする、上総？」

腿に置いた手をすーっと滑らせ、股間《こかん》に添えた。驚いた目を向けてくる上総に、俺はうっすら微笑みながら手を動かした。やんわりそこを揉《も》む。ジーンズの中で男の証が、じわじわと硬くなっていくのがわかった。これはなかなか期待できるサイズだ。

「アシュレイ、好きですっ」

上総が我慢できなくなったように、突然、俺を抱き締めてきた。痛いほどの力で広い胸の中に閉じこめられる。

「毎日、あなたのことが頭から離れないんです。今日だって店は休みだったけど、あなたに会いたいからケーキをつくって持ってきました。毎日、あなたの顔を見ないと落ち着かなくて、でも会えば胸が苦しくて……」

上総は俺を抱き締め、思いの丈をぶつけてきた。俺は耳を傾けるふりをしながら、そんな話はどうでもいいから、さっさとセックスを始めろと思った。

「上総。お喋りはあとにしないか。俺は早く君が欲しい。君のその熱い気持ちを、自分の身体で感じたいんだ……」

顔を上げて誘うように目を細めた。上総はどぎまぎしたように俺の顔を見つめている。彼の目には切なそうな表情に見えているだろう。

「でも本当にいいんですか？　罪にはならないんですか？」

「愛し合う行為が罪だなんて誰が言った？　そんなことで怒る心の狭い神なら、俺のほうから捨ててやるさ」

焦《じ》れったくなった俺は、上総の頭を引き寄せて軽くキスしてやった。上総は感激の面持ちで「夢みたいだ」と呟き、やっと自分からキスしてきた。

緊張と情熱がない交ぜになった上総のキスは、不器用でぎこちなかった。

二階の寝室に移動して、俺たちは抱き合った。

セックスの下手な男は嫌いな俺なのに、上総だけは平気だった。逆にセックス慣れしていないところが刺激的で、手際の悪い愛撫《あいぶ》にも妙に興奮した。

「……上総。右の乳首も舐めて」

言われたとおりに上総が俺の胸を愛撫する。大きな男が米粒ほどの小さな乳首に、夢中で吸いついてくる。可愛いと思ったら快感も強くなった。これだから人間の肉体は面白い。感情次第で感覚が変化するのだ。

上総は時々、思い出したように顔を上げ、俺の裸体をうっとりと眺めた。そして夢でないことを確かめるように、大きな手を動かし全身を撫でてくる。

足の指、脛《すね》、腿。髪、首筋。脇腹《わきばら》、腰。どこを撫でても幸せそうに吐息を漏らす。

「きれいだ……。アシュレイ、あなたは本当に美しい」

美の女神を崇めるように上総は呟いた。確かに美しい肉体だ。なのにアシュレイは妻亡きあと、誰とも寝ていなかった。もったいない話だ。この肉体はもっと有意義に使われるべきだろう。

「恥ずかしいから、あまり見ないでくれ」

俺は上総の視線を避けるように、身体を裏返した。男は相手が恥ずかしがると喜ぶ。

「今さら照れても遅いですよ」

案の上、上総は嬉しそうに言い、興奮したように後ろから俺の首筋にキスしてきた。そのキスは背筋を下り、やがて尻に辿《たど》り着いた。

上総は俺の尻を撫で、愛おしそうに何度もキスし、とうとう窄《すぼ》まりにも唇を押しつけた。

「駄目だ、そんなとこ……」

俺はもちろん芝居で恥ずかしそうに拒んだが、上総は強引にそこを広げて愛撫してきた。柔らかな粘膜を熱い舌で抉《えぐ》られる。唾液《だえき》でたっぷり濡らされ、ねっとりと舐めほぐされ、俺は甲高い声を漏らした。

「あ、やめ……っ、上総、駄目だ、そんなに舐めないでくれ、あぁ……っ」

「どうして？　気持ちいいんでしょう？　すごく敏感になってる。もっとさせてください」

俺の反応に自信を持った上総が、舌の動きをより大胆にする。同時に手を前に回し、俺の高ぶったペニスを扱《しご》き始めた。

「はぁ、あ、んん……っ。いや……、気持ちよすぎて、頭がおかしくなる……」

俺はシーツに顔を押し当て、自分から腰を高く突き上げ、甘ったるい声を漏らし続けた。

たまらない快感だった。久しぶりに男と寝るせいか、それともアシュレイの身体の感度がいいのか、怖いほど感じてしまう。悶《もだ》える身体が段々と芝居なのか本当なのか、自分でもわからなくなってきた。

「上総、もう挿《い》れてくれ……。ここで、君を感じたい……。たくましい君のもので、奥までいっぱいに満たされたいんだ……」

上総が散々舐めてほころんだそこに、自分の指を伸ばした。すっかり充血して、柔らかく膨れあがっている。きっと赤く熟れて、さぞかしエロティックに見えるだろう。

俺が我慢できないといったふうに、窄まりに自分の中指を入れて見せると、上総は息を呑《の》んで指の動きを凝視した。ことさらゆっくり動かして、狭い筒の中をねちねちと刺激する。

「あ、こ、こんなふうに、君のその大きなもので、俺の中を、いやらしくかき乱してくれ……。俺をめちゃくちゃにし終わったら、君の熱いものを、奥にたっぷり注いでほしい……」

我ながらよく言うと思った。AV女優顔負けの台詞《せりふ》だ。聖職者が口にする言葉とはとても思えない。上総は俺のいやらしい言葉で理性が蒸発してしまったらしく、野性の獣のように背後から激しく貫いてきた。一気に奥まで埋め尽くされ、俺は強烈な快感に震えた。

「ん……はぁ、あっ、上総、すごい……っ。あ、駄目、激しすぎる、すぐ達《い》ってしまう、もっと、ん、ゆっくり……っ」

煽《あお》ったらますます抽挿は激しくなった。俺はたくましい上総の腰使いの虜《とりこ》になり、恍惚《こうこつ》となりながら深い快感を貪《むさぼ》った。

いつまでも続けてほしかったが、まだ若いだけあって長くはもたなかった。上総は荒々しい息を吐きながら、「駄目だ」と悔しそうに呟いた。

「もう達く……っ。アンユレイ、本当に、出していいんですか？」

「いいよ。中に、出してくれ。一番深い場所に、全部出してほしい」

俺は上総の精液をねだるように、腰を弓なりに反らせて尻を突き出した。

上総はその直後、低く呻《うめ》いて俺の中で達した。俺の腰を摑みながら、びくびくと身体を震わせて欲望を吐き出している上総が、たまらなく可愛かった。

その夜を境にして、俺と上総の関係は一変した。上総は泊まっていくことが多くなり、三人で食べる朝食も珍しくなくなった。

幼いマリーは変に思うこともなく、朝起きても上総がまだいることを単純に喜んでいた。朝食に上総がパンケーキなど焼いてくれると、嬉しくてたまらないといった顔で「今日もお泊まりしてね」と無邪気に言ったりする。

上総は毎晩のように泊まっていくのはよくないと思っているのか、「今日は来られないと思います」と神妙な顔で帰っていくくせに、夜になると気まずそうな顔で現れるのだ。

俺が意地悪く「今日は来ないって言ってなかったっけ？」と言ってやると、ケーキが余ったとか、近くを通りがかったとか、あれこれ下手な言い訳を口にする。そんな見え透いた嘘も、上総らしくて好ましく思えるから不思議だった。

すっかり自分に夢中な上総を見るのは楽しかった。少し素っ気なくすると悲しそうな顔をして、優しくしてやると子供みたいに目を輝かせる。本当にわかりやすい男で、人間とは駆け引きめいた恋愛ごっこばかりをしてきた俺には、上総のストレートな感情が新鮮だった。

「……アシュレイ。もう寝ましたか？」

情事のあと、上総に背中を向けてうとうとしていたら、控えめな声が聞こえた。間借りしている肉体には睡眠が必要なので、俺やアモンも夜には眠る。眠るといっても人間の睡眠とは意味が違うのだが、まあ大雑把に言えば活動を休止して深い瞑想状態に入るようなもので、そうやって乱れたエネルギーを整えるのだ。

「いや、まだ起きてる。どうした？　眠れないのか？」

俺は寝返りを打って身体の向きを変え、上総と向き合った。カーテンの隙間《すきま》から月の光が差し込み、上総の顔には濃い影ができている。

なんとなく手慰みに上総の頬を撫でた。顎《あご》のあたりにざらついた髭《ひげ》を感じ、俺はその感触を楽しんだ。上総はやけに切なそうな表情で、黙って俺に撫でられている。

「君はどうして俺を好きになったんだ？」

まだその理由を一度も聞いていなかった。別にどんな理由でもいいが、上総が俺の、あるいはアシュレイのどこに惹かれたのか知りたい気持ちがあった。

「やっぱり顔か？」

きっとそうなんだろうと思って聞いたのに、あっさり「いいえ」と否定された。

「俺の顔は魅力的じゃないのか？　よくハンサムだと褒められるぞ」

「ええ。すごくハンサムです。こんなきれいな顔は見たことがない。……でも、俺はなんて言うか、その」

急に言いづらそうに言葉を濁したので、俺は「はっきり言え」と布団の中で軽く脛を蹴飛《けと》ばしてやった。

「じゃ、じゃあ言いますけど、気を悪くしないで聞いてくださいね。俺がこれまで好きになったのは、可愛い雰囲気の年下の子ばかりだったんです。だから、ええと」

「要するに俺みたいな年上の美形は、まったくタイプじゃなかったってことか」

自分で聞きだしておいて、面白くない気分になった。俺が「もういい」と背中を向けたら、上総は焦って「最後まで聞いてくださいよ」と俺の身体を仰向けにして、上にのしかかってきた。

「すごくきれいな人だと思ったけど、最初はアシュレイをそういう対象として見てませんでした。アシュレイってたまに言葉がきついし、むしろ出会った頃は怖い人だと思って苦手意識があったんです。でもマリーのことをすごく大事にしている姿を見て、本当にいいお父さんだなって感激して、段々と魅力的に思えてきたんです」

人間はギャップに弱いからな、と思いながら、俺は上総の言葉に耳を傾けた。

「意識しだしたら、顔も、身体も、はっきり物を言う性格も、全部がいいって思えて、たまらなく好きになってしまったんです。俺なんか相手にしてもらえないと思っていたのに、まさかアシュレイのほうからきっかけをつくってくれるなんて夢みたいでした。……不思議なんです。どうしてこんなにもあなたに惹かれるんだろう？　もしかしたら前世でも、あなたに片思いしていたんじゃないかって思います」

少女みたいな可愛いことを言うので、俺は薄く笑った。上総の魂をリーディングすれば彼の過去生のすべてがわかるが、その必要はなかった。過去に上総と出会ったことはないと断言できる。

「そんなふうに感じるのは今だけだ。人は恋に落ちている時は、相手のいいところしか見えなくなるものだからな。そのうち君は俺への興味を失い、またケーキのほうが大事になる」

俺が事実を指摘すると、上総は「ひどいですよ」と表情を曇らせた。

「俺の気持ちを勝手に決めつけないでください。こんなに好きなのに、どうしてわかってくれないんですか？」

悔しそうに俺を抱き締めてくる姿は、まるで駄々っ子だった。マリーと大差ない。俺はマリーにするように上総の頭を優しく撫で、「わかってるよ」と甘い声で囁いた。

「君の気持ちはちゃんとわかってる」

「アシュレイはどうして俺を受け入れてくれたんですか？　亡くなった奥さんのこと、まだ愛してはるんじゃないですか？」

アシュレイはそうだった。死んだ妻を想《おも》い続けて、他の女性に関心など示さなかった。本物のアシュレイなら、絶対に上総とこんな関係にはならなかっただろう。

「妻を愛する気持ちに変わりはない。でも俺は生きている。生きていれば日々、心は揺れ動く。君は俺の心を動かした。俺は自分の気持ちに、いつも正直でありたいだけだ。死んだ妻を愛しているが、君も必要としている。そういうのは駄目か？　俺はずるい男だろうか？」

自虐的な自分を装って言うと、上総は「そんなことありません」と俺の頬を両手で挟んだ。

「あなたはずるくなんかない。優しい人です。俺にもマリーにも、教会の信者さんにも、いつだって深い愛情を注いでくれる」

笑いそうになった。冷酷だの無慈悲だの言われることはあっても、愛情深いと言われたことは、いまだかつて一度もない。

「上総。君は俺のことを誤解している。俺の正体は悪魔だ。人を騙し、誑《たぶら》かす。現に君だって仕事より俺に夢中だ。俺に誘惑されて、すっかり堕落してしまったじゃないか」

上総は俺の言葉を冗談だと思ったらしく、可笑《おか》しそうに笑いだした。

「堕落なんてしてませんよ。俺は前よりいっそう仕事に励んでます。ケーキづくりにもっと専念できるよう、アルバイトも雇ったんです。何もかもアシュレイのおかげですよ。あなたと出会ってから、俺は毎日が楽しくて仕方がないんです。アシュレイ……」

喋っているうちにまた欲望がぶり返してきたのか、上総は熱い手で俺の身体をまさぐってきた。俺は「駄目だよ。もう寝なきゃ」と叱りながらも、上総の荒々しい愛撫に反応して、これみよがしに甘い吐息を漏らしてみせた。

「アシュレイ……。ずっと一緒にいたい。死ぬまであなたのそばにいさせてください」

俺は愛撫に感じているふりをして、上総の哀願にも似た囁きに答えなかった。いつもなら口先だけでどうとでも言えるのに、どうしてかわからないが、この時ばかりは何も言いたくなかったのだ。

人間の恋愛感情ほど長続きしないものはない。そんなことなど嫌というほど知っている。今はこんなにも俺に夢中になっている上総だが、時間が経てば興味を示さなくなるのだ。

俺は自分の中に、言葉にし難いもやもやした感情があるのに気づいていたが、それがなんなのか知りたくなかった。だから目を背け続けた。

その結果、くだらない間違いを犯してしまった。

# 4

「パパ。今日も上総お兄ちゃん、来ないの？」

マリーがハンバーグを見つめながら、悲しそうに呟く。

「お仕事が忙しいんだよ。……さあ、お祈りをするよ」

俺が促すとマリーは浮かない顔で目を閉じ、胸の前で手を組んだ。

最近、上総がうちに来なくなった。といっても四日だけだが、毎日のように来ていた男が四日も顔を見せないと、なんとなく調子が狂うものだ。

新しく雇ったアルバイトに仕事を教えたり、閉店後に新しいケーキを試作したりで忙しいと聞いていたが、それでも少しくらいは顔を出せるだろうにと、俺は上総の薄情さに苛立っていた。

ふたりきりの寂しい夕食が続いて、このところマリーも元気がない。俺はせめて上総のケーキだけでも食べさせてやりたくなり、翌日、所用で出かけた帰り道に、上総の店に立ち寄った。

俺が店に現れたら上総はきっと大喜びするだろう。その間抜け顔を想像しながら店のドアを開けたが、上総は俺が来る前から笑顔だった。

「祐也《ゆうや》くん、それ絶対におかしいよ」

「えー。そんなことないですよ。すっごく可愛いじゃないですか」

「可愛いけど変だって。やっぱり駄目だ」

上総は屈託なく笑っていた。その笑顔は隣に立つ若い男に向けられている。

「もう店長って保守的なんだから。女の子はこういうのが好きなんですって。試しに置いてみてくださいよ。評判が悪かったら外しますから」

棚に飾ったディスプレイ用の玩具《がんぐ》を弄っていた男は、俺に気づくと慌てて「いらっしゃいませ」と頭を下げた。上総も振り返った。

「いらっしゃいま――アシュレイ……？」

上総の驚いた顔から目をそらし、俺は素っ気なく「ケーキを買いにきた」と注げ、ショーケースを覗き込んだ。

「マリーがすごく食べたがっているものだから」

「すみません。時間がなくて、なかなか伺えなくて」

「いいんだ。君も忙しいんだろう」

若い男といちゃつく暇はあっても、俺やマリーに会いにくる暇はないんだな、と心の中で嫌みを言ってやった。

「そうなんです。新作のケーキがまだ決まらなくて。それに店の内装も少し変えようと思っているので、業者との打ち合わせなんかもあったりして。……あ、彼がバイトで雇った坂口《さかぐち》祐也くんです。よく働いてくれるから、すごく助かっているんですよ」

「……初めまして。アシュレイといいます」

俺はにっこり微笑んで挨拶した。

「どうも、坂口です。あの、牧師さまですよね？　店長から噂は聞いていたんですけど、本当に格好いいですね。外国の映画俳優みたい」

邪気のない笑顔を向けてくる祐也は、地味な顔だが愛嬌《あいきょう》があって、まあ可愛いと言えなくもなかった。上総が本来好きなタイプは、きっとこういう青年なんだろうな、と漠然と思った。

俺はいくつかケーキを選び、代金はいらないという上総に金を押しつけ、そろそろマリーが帰ってくる時間だからと言い訳して、逃げるように店を出た。

以前より店内は明るい雰囲気になっていた。面白みのある飾りつけや可愛い手書きのポップなどは、おそらく祐也のアイデアだろう。上総はそういう部分はまるで駄目だから、きっと祐也の言いなりに違いない。

俺はむかむかしながら家に帰った。あんなに俺を愛していると言ったくせに、もう別の男に目移りしている上総に、腹が立ってしょうがなかった。

怒りが強すぎて、どこをどう歩いたのかも覚えていなかったが、気がついたら家のキッチンに立っていた。見つめ合って笑う上総と祐也の姿が頭から離れない。ふたりの楽しそうな笑い声が、ずっと耳にこびりついている。

——何が死ぬまでそばにいたいだ。裏切り者め！

そう上総をののしり、買ってきたケーキを箱ごと床に叩きつけた。箱の中でケーキは無惨に潰《つぶ》れたが、俺の心も今にも潰れそうだった。

俺はそんな自分に気づき、激しく動揺した。おかしい。こんな自分は異常だ。上総が他の男と親しくしていたからといって、どうしてこんなにも感情が激しく揺さぶられるんだ。

これではまるで、嫉妬しているようではないか。

「嫉妬？　この俺が？　まさか、人間相手に……？」

思わず独り言がこぼれた。俺は床に両手をつき、ぐちゃぐちゃになったケーキを見ながら笑った。

そんなはずはない。嫉妬するということは、本気の気持ちがあるということだ。俺はアモンとは違う。人間なんかを愛したりはしない。可愛がったり面白がったりしても、自分と同等の存在として人間を愛するなんて、そんな愚かしい真似《まね》――。

俺はひとしきり笑ってから立ち上がった。

自分自身を許せなかった。上総への想いを持てあまして、自分を見失いそうになっている間抜けな悪魔を、どうしても許すことができなかった。

馬鹿馬鹿しい。吐き気がする。どうして人間ごときに、こんなにも気持ちをかき乱されなくてはいけないのだ。

こんなのは間違っている。何もかも大間違いだ。

俺は無理矢理《むりやり》のように憤懣《ふんまん》をかき集め、あることを決意した。その決意はすぐにでも壊れてしまいそうなほど不安定なものだったので、すぐ行動に移す必要があった。

目を閉じて上総の姿を探す。上総は店の厨房《ちゅうぼう》にいた。俺は瞬時に移動し、上総の背後に立った。

「上総」

声をかけると、上総はびっくりした顔で俺を振り返った。

「ア、アシュレイ……！　いつの間に？　どこから入ってきたんです？」

「上総。君と過ごせて楽しかったよ。だがもう終わりにしよう」

突然、別れを告げられた上総は、瞠目《どうもく》したまま声も出せなかった。哀れなほど動揺している。

「い、いきなり、何を言いだすんですか？」

「お別れを告げにきた。さようなら」

「待ってくださいっ！　いきなりそんなことを言われても無理です。俺は嫌です。あなたと別れるなんて、絶対に嫌です……っ」

上総は腕を伸ばし、俺の両肩を痛いほどの力で摑んできた。取り乱す姿に決心が鈍りそうになり、俺は上総の一途《いちず》な目から顔を背けた。

「君には、あの祐也って子がいるじゃないか。これからはあの子と仲良くやればいいだろう」

「ええ？　な、何言ってるんですか。あの子とはそんな関係じゃありません。誤解です。あなたが嫌なら辞めてもらいます。俺が好きなのはあなただけです。あなたしか欲しくないっ」

「……知ってるよ。でももういいんだ」

俺だって本気で上総が浮気していると思ったわけではない。上総がそんな器用な男でないことくらい、よくわかっている。

わかっていても嫉妬した。自分の気持ちをコントロールできなくなった。それが問題なのだ。俺は人間を本気で愛そうとしている自分に耐えられない。そんなのは俺ではない。

「君のことは好きだけど、もう終わりにしたい。楽しかったよ、上総。でも、さようならだ」

「アシュレ――」

俺は顔を上げ、上総の言葉を封じるようにキスをした。

それで何もかもが終わった。

「……ひどい。アシュトレト、いくらなんでもそれはひどいよ。上総さんのことが邪魔になったからって、何も記憶まで消すことないだろう」

珠樹は本気で怒っていた。まあ、当然だろう。真面目な性格の珠樹からすれば、俺のしたことは許し難い非人道的行為になるはずだ。

「しょうがないだろう。思い詰めてストーカーにでもなったらどうする。俺はいいが、マリーには怖い思いをさせたくない。だから、ああするしかなかったんだ」

俺は炬燵に足を入れ、ミカンを剝きながら嘘の言い訳をした。アモンはさっきから何も言わないで、俺と珠樹の会話を聞いている。

珠樹とアモンは上総のことを知っているので、念のために教えておく必要があった。俺は少しばかり脚色して経緯を説明した。

上総とつき合っていたが、飽きたので別れを告げた。ところが上総は納得せず、毎日のようにやって来ては、しつこく復縁を迫るので迷惑していた。だから俺や俺にかかわるすべての記憶を消してやった。当然、お前たちのことも覚えていないから、どこかで会っても知らんふりしてくれ。簡単にまとめると、そんな内容だ。

当然、マリーの記憶からも上総の存在は抹殺した。そうしないと、マリーはもう二度と来ない男をずっと待ち続けることになる。それはあまりに可哀想だ。

「だからってさ、他に方法はなかったの？　たとえば同じ頭の中を弄るのでも記憶を消すんじゃなくて、上総さんがアシュトレトのことを嫌いになるようにするとか」

「……」

好き勝手言ってくれる。俺のことを血も涙もない悪魔だと思っている珠樹は、まさか俺が上総を好きになったからこそ記憶を消したとは、まったく思いもしないのだろう。

嫌われるより、忘れ去られるほうがいい。忘却は優しい別れだ。誰にとって優しいのかと聞かれたら、答えに困るが。

「もう終わったことだ。とやかく言うな。上総とどこかで会っても知らんふりしろよ。それだけ伝えたくて来たんだ。もう帰る」

俺はミカンを口に放り込み、立ち上がった。珠樹は俺のしたことが許せないのか、むくれたまま動こうとしなかった。

玄関で靴を履いていると、アモンがやって来て俺に尋ねた。

「本当にそれでいいのか？　上総のことが好きなんだろう」

「勝手に俺の心を読むな」

「読まなくてもわかる。お前は昔からそうだ。俺なんかよりずっと人間が好きなくせに、下等な生き物だと蔑《さげす》んで、わざと突き放して接してきた。お前は俺たち種族と人間は違いすぎると言うが、俺はそうは思わない。存在のあり方は確かに大きく違うが、感情のあり方は同じじゃないか。喜んだり悲しんだり、愛し合ったり憎み合ったり、そういう部分になんの違いがある？　だったら本気で人間を愛しても――」

「やめろ。俺はお前とは違う。遊びでつき合うならともかく、人間なんか本気で愛してなんになる。

あいつらは俺らをすぐ置いていくし、生まれ変わったところで何も覚えちゃいない。お前だってじきに珠樹を失うんだぞ。珠樹はいいさ。また新しい人生を楽しめばいいんだからな。だが忘れ去られたお前はどうする？　これから先、何百年、何千年、珠樹の思い出と生きていくのか？」

アモンはしばらく黙っていたが、やがて寂しげな笑みを浮かべ「そうだな」と呟いた。

「そうなるかもしれない。だが、俺は珠樹を愛したことを後悔していないし、その気持ちは多分、永遠に変わらないだろう。別れが来るとわかっていても、出会わなければよかったとは絶対に思わない」

「それはご立派なことで」

俺は肩をすくめて、玄関の引き戸を開けて外に出た。

アモンは変わった。珠樹を愛して愚かになった。だがそれ以上に強くなった。あの確固たる強い意志は、珠樹への愛情から生まれてくるのだろうか。

俺はマリーや上総と出会い、すっかり弱くなった気がする。以前の自分のほうが強くて安定していたし、はるかに自由だった。

だが、もう終わった。上総との関係も清算したし、マリーもそのうちいい引き取り手を見つけてやるつもりだ。そうすれば俺はまた自由に伸び伸びと、この世界を駆けめぐることができるだろう。

今度はヨーロッパに行こうか。久しぶりに南欧辺りで優雅なバカンスを楽しむのもいい。金持ちの男の身体に入り、美女たちを侍《はべ》らせて豪華なクルーザーで船旅をするのはどうだろうか。

あれこれ想像していたら、少し気分がよくなってきた。だからわざと上総の店の前を通りかかり、もうなんのダメージも残っていないことを証明したくて、気楽な気持ちで店の中を覗き込んだ。

上総がいた。白いコック帽を被り、厨房でケーキをつくっている。祐也はいないようだ。

俺はドアを開けて店に入った。上総が気づいて出てくる。

「いらっしゃいませ」

笑顔を浮かべているが、少しぎこちない。俺が日本語で三つほどケーキを選ぶと、ホッとした顔つきになった。

「日本語、お上手ですね」

「ありがとう。日本には、もう長く住んでいるんでね」

なんの変哲もない、ただの店員と客の会話だ。上総は俺のことを覚えていない。だから俺も何食わぬ顔で上総と話ができた。すっかり安心して俺は店を出た。

俺は家に帰り、幼稚園から帰ってきたマリーにイチゴのショートケーキを出してやった。俺の分はモンブランだ。

「パパ。このケーキすごく美味しい！」

マリーは生クリームを口のはしにつけ、本当に嬉しそうな顔をした。俺は手を伸ばしてクリームを指先でぬぐい取り、「それはよかった」と微笑んだ。

「これ、どこで買ってきたの？」

「上総洋菓子店っていうお店だよ。有希ちゃんのおうちの近くにある」

「あ、マリーそのお店、知ってるよ。有希ちゃんが、すごく美味しいって言ってたから、見に行ったことある」

「そう。じゃあ、今度は一緒に買いに行こうか」

「うん！」

ケーキを食べるマリーを眺めながら、ふと誰も座っていない椅子に目をやった。

以前はそこに上総が座っていた。ケーキを食べる俺とマリーを交互に見ては、にこにこと嬉しそうにしていた上総の顔が、まざまざと蘇《よみがえ》ってくる。

上総のはにかんだ笑顔。俺を求めてくる熱い眼差《まなざ》し。愛の言葉を囁く優しい声。抱き締めてくる力強い腕。大きな胸。

もう二度と帰ることはない、上総の愛情。

失われた、あの優しい日々——。

「ごちそうさま！　マリー、美奈《みな》ちゃんと遊ぶ約束してるから、出かけてくるねっ」

食器をシンクに運び終えたマリーは、元気よくリビングから出ていった。

「行ってらっしゃい」

続けて「気をつけて」と言おうとしたが、口を開こうとした瞬間、突然、涙がぼろぼろとこぼれてきて声を出せなかった。

「……っ」

いきなりあふれ出した涙に驚き、口もとを手で押さえた。同時にこらえきれない嗚咽《おえつ》があふれ、俺はそんな自分にびっくりした。

なんだ、これは？

この身の内を突き上げてくるような、切ない衝動はなんなんだ？

食べかけのケーキが涙で滲《にじ》んで見えなくなる。俺はフォークを置いて、両手で顔を覆った。指の隙間から暖かな液体が流れ出し、俺は愕然《がくぜん》とした。

俺は泣いているのか？　これは涙なのか？

数え切れないほど多くの人間の肉体を操ってきたが、俺は一度として泣いたことはなかった。芝居で嘘泣きしたことはあるが、自分の感情で涙を流したのは、これが初めてだった。

俺はとめどなく流れる涙に、自分の本心を知った。後悔に気づかされた。

——上総を愛していた。そうとは気づかないうちに、深く深く愛してしまっていた。

そんな自分を受け入れられず、どうしても認めたくなくて、自分から終わらせた。

だが上総に忘れ去られることが、こんなにも悲しいことだったとは。愛する者を失うことが、こんなにも辛いことだったとは。

俺は馬鹿だ。大馬鹿だ。愛することを恐れるあまり、愛されることからも逃げた。

失ってから気づいても、もう遅い。何もかもが遅いのだ。

5

自分の愚かさに気づいた俺が何をしたかというと、何もしなかった。

上総に偽物の記憶を植えつけることは簡単だ。あるいは俺に好意を持つように仕向けることも。だがそうしなかった。

プライドの問題ではない。そんなことをしたって、寂しくなるだけだとわかっていたからだ。上総が自発的に俺を愛してくれたあの想いは、俺がどう力を使ったところで取り戻せない。

大事なものを自分で壊してしまった後悔を胸に抱え、俺はマリーとの暮らしを続けた。上総の愛は失ってしまったが、マリーとの親子関係は失いたくないと思い始めていた。

このままマリーを育てて、彼女が独り立ちするまでアシュレイとして生きていくのも悪くない。そんなことを考えながら、その日、俺は誰もいない昼下がりの教会でオルガンを弾いていた。

ふと顔を上げた時、最前列に誰かがいるのに気づいて驚いた。集中しすぎて人が入ってくる気配に気づけなかったらしい。

俺としたことが、と内心で苦笑しながら相手を見て、また驚いた。

長椅子に座ってオルガンの音色に耳を傾けているのは、上総だったのだ。黒いダウンジャケットを着た上総は、目を閉じて俺の演奏を聴いている。なぜ上総がここにいるのだろうと訝しく思いながらも、最後まで演奏を続けた。

鍵盤《けんばん》から指を離すと教会の中は静寂で満たされた。上総が立ち上がる。俺は迷ったが我慢できなくて、上総に近づいていった。

「こんにちは。この教会の牧師のアシュレイ・エイミスです。……以前、どこかでお会いしたような気がするのですが」

「はい。俺は上総洋菓子店の者です。前にケーキを買っていただきました」

俺は白々しく、「ああ、やっぱり」と頷いた。

「あのお店の方でしたね。ケーキ、とても美味しかったですよ。娘も大喜びしていました」

上総は照れたように頭を掻き、「ありがとうございます」と礼を言った。

「勝手に入ってすみませんでした。オルガンの音があまりにきれいだったもので」

「いいんですよ。いつでも自由に入ってきてください。教会はそういう場所です」

いつかアシュレイがポールだった俺をお茶に誘ってくれたように、俺も上総を家に誘ってみようかと思ったが、どうしてもできなかった。断られるのが怖かったのかもしれない。

「お邪魔しました」

上総は頭を下げ、俺に背中を向けた。俺は見慣れた上総の背中を、切ない気持ちで見送った。

——上総。行かないでくれ。戻ってきてくれ。

口に出せない想いを胸の中で呟く。そんな女々しい自分をあざ笑おうとした時だった。まるで俺の心の声が聞こえたかのように、上総は急に立ち止まった。そして踵を返して、足早に俺の目の前まで戻ってきたのだ。

上総は軽く息を乱し、俺の顔を見ていた。

「……どうかしましたか？」

「あの、変なことを伺いますが、牧師さまと俺、前にどこかで会っていませんか？」

「ええ。会ってますよ。あなたのお店で」

当然のように俺が答えると、上総はもどかしそうに「いえ、そうじゃなくて」と首を振った。

「それ以前に、もっと前に、あなたとどこかで会っている気がするんです。実はこの前、店であなたを見てから、ずっとそんな気がしてならなかった。自分の思い違いだって言い聞かせていたんですけど、今日、偶然またあなたに会えて、その思いがいっそう強くなりました」

上総は一気に言い切って口を閉ざした。俺は呆然とするしかなかった。

記憶を消したのに、上総は俺のことを忘れていなかった。いや、違う。忘れたはずだ。忘れたのに、俺の顔を見て心が騒いだのだ。それは脳細胞に蓄積された記憶ではなく、彼の心に刻まれた感情の力なのかもしれない。

「……すみません。やっぱり俺の思い違いですよね。変なことを言って申し訳ありません」

俺が無反応なので恥ずかしくなったのだろう。きっと自分でも馬鹿なことを言っているという自覚はあるはずだ。それでも言いたくなったのだ。

「失礼しました」

上総は気まずそうに頭を下げ、再び俺に背中を向けた。

「待って」

俺は一歩を踏み出し、上総に声をかけた。上総が驚いた表情で振り返る。俺はさらに上総に近づき、すぐ目の前に立った。

「俺も同じだ。君とはどこかで会っている気がする。会ってるだけじゃない。君のことをすごく知っていて、とても大事な存在だったた気がするんだ」

俺が微笑むと、上総は信じられないという表情になった。

「本当ですかっ？　俺もなんです。あなたのこと、すごくよく知っている気がして、だからもう一度会いたいって願っていたんです。そしたら本当に再会できた。なんだか運命みたいな気がして——あ、す、すみません。男にこんなこと言われても、気持ち悪いですよね」

俺は上総の手を握った。上総は息を呑んで繋がった手を見ている。

「気持ち悪くなんかないよ。もしかしたら俺と君は、前世で恋人同士だったのかもしれないね」

普通に考えれば突拍子もない言葉だ。大笑いされてもおかしくない。だが上総は真剣な表情で俺を見つめ返し、「そうかもしれません」と呟いた。

上総はまだ俺を求めてくれている。記憶を失ってもなお、俺を愛してくれているのだ。

俺の愚かしい罪を、誰かが許してくれているような気がした。天使どもなら神の導きと言うのだろうが、生憎、俺は神など信じていない。

これは上総の愛が生んだ奇跡だ。上総の深い愛が、俺にもう一度チャンスを与えてくれたのだ。

俺は上総の胸に飛び込み、彼の唇に自分の唇を押し当てた。上総の身体がかすかに震えるのがわかった。もしかしたら俺の身体も、同じように震えていたかもしれない。

「ごめん。どうしてもキスしたくなった」

上総は赤い顔で「いえ」と首を振り、不思議なものを見るような目つきで俺を見た。その目は段々と潤み、やがて目の縁に涙が浮かんできた。

「す、すみません。なんだろう、急に涙が……っ」

上総は俺から顔を背けたが、俺は「いいんだよ」と囁き、彼の両頬に手を添えて自分のほうに向かせた。

「いいんだ。君は何も悪くない」

言いながら頬にキスをして、上総の流れ落ちる涙を唇で受け止めた。俺はそうしながら、心の中で何度も謝った。

本当にすまない。悪いのはすべて俺だ。勝手に君の記憶を奪い、無理矢理、君の愛情を封じ込めた。俺の身勝手な過ちを、どうか許してほしい。

上総は我慢できなくなったように俺を強く抱き締め、嗚咽をこぼし始めた。

「すみません、こんなの変ですよね……？　でも俺、俺、今、すごく嬉しいんです。馬鹿みたいに嬉しくて……っ」

俺は泣いている上総の頭を、何度も何度も撫でてやった。

幸せだった。このまま消えてなくなってもいいと思えるほど、心の底から幸せだった。


「本当にどうなってるの？　記憶は消したんだろう？　なのに、どうしてまた恋人同士に戻ってるわけ？」

珠樹は不可解そうな顔で、リビングのソファーで楽しそうにオセロをやってる上総とマリーを見て

いる。俺は食器を洗いながら、「だから言っただろう」と言い返した。

「上総の俺に対する愛があまりに深くて、俺が根負けしたんだ。記憶を消したのに、まだ俺を愛しているなんて、なかなか見上げたものじゃないか」

上総とまたつき合うことになったと知らせたら、驚いた珠樹はアモンを連れて飛んでやって来た。上総に「初めまして」と挨拶された珠樹は複雑そうな顔をしていたが、またマリーともすぐに打ち解け、五人での夕食はにぎやかなものになった。

「そんなことってあるのかなぁ。なんか疑わしい。アシュトレトって適当なところがあるから、消し忘れた記憶が残っていただけじゃないの？」

珠樹は俺が洗い終わった食器を拭《ふ》きながら、ぶつぶつ文句を言い続けた。どうしても俺の落ち度にしたいらしい。まったく可愛げのない奴だ。

「ねえ、アモンはどう思う？」

手持ち無沙汰《ぶさた》に壁に飾られた写真を眺めていたアモンは、珠樹の問いかけに振り返った。

「そうだな。人間というのは、時々、俺たちにも理解できないような力を発揮することがある。だから記憶を失っても感情だけが残るというのは、まったくあり得ないことではないと思う」

「アモンがそう言うなら、そうかもね」

珠樹はアモンの意見をあっさり受け入れ、にっこり微笑んだ。俺に対する態度と百八十度、違う。

「だがアシュトレト。これからどうするつもりだ？」

「マリーと上総が生きている間は、俺もこの身体で人として生きていく」

珠樹は驚き、アモンは心配そうに眉根を寄せた。

「できるのか？　お前はひとりの人間の身体に、長く入っていられない性格なのに」

「ああ、まったくだ。きっと飽きるだろうな。だがもう決めたんだ」

俺はマリーと遊んでいる上総を見つめながら、きっぱり答えた。

やがてふたりは俺を置いて去っていくだろう。だがその時が来るまで、愛おしいふたりと一緒にいたい。一緒に生きていきたい。

「なんだ。結局、アシュトレトも上総さんにベタ惚れなんじゃない」

「ああ、そうだ。俺は上総が大好きだ。悪いか？」

開き直った俺を見て、珠樹は「あーやだやだ」と首を振った。

「俺を好きになったアモンのこと、最悪だって馬鹿にしたくせに、どうだろう、この変わり身の早さは。ホント、アシュトレトって自分勝手だよね」

珠樹に好き勝手言われて腹が立ったが、確かにそのとおりなので言い返せなかった。俺が黙っていると珠樹はつけ上がり、さらにえらそうに言葉を続けた。

「これ以上、気持ちがころころ変わらないようにさ、いっそのこと神さまの前で、上総さんを一生愛しますって誓ったら？　ちょうど牧師さんなんだし」

どういう理屈だ。それに何がちょうどなんだか、さっぱりわからない。

反論しようとしたが上総がこっちに来るのが見えたので、開きかけた口を閉ざした。マリーはトイレにでも行ったらしく姿が見えない。

「楽しそうですね。三人で何を話しているんですか？」

「今ね、アシュレイののろけ話を聞いてたんだ。上総さんのこと、神さまに誓いたいくらい大好きだから、死ぬまでずーっと一緒にいたいんだって。それで——あいたっ」

俺は思いきり珠樹の足を踏んづけた。珠樹は顔を歪《ゆが》めて俺をにらんだが、知ったことではない。

上総は珠樹の言葉を真に受けたのか、顔を赤くして俺を見ていた。俺はタオルで手を拭きながら、

「まったく珠樹はお喋りが過ぎるな」と苦笑して見せた。

「珠樹とユージンは、ちょっと向こうに行っててくれ」

俺はふたりをキッチンから追い払い、上総と向き合った。

「あの、アシュレイ。珠樹が言ったことは本当なんですか？　死ぬまで俺と一緒にいたいって……」

「本当だったらどうする？　重い？　鬱陶しい？」

「そんなっ。逆です。嬉しいです。俺も同じように思っていたから。でもまだ知り合ったばかりだし、そんなこと言ったら引かれるかもしれないと思って、言えなかったんです」

顔を赤くしながら喋る上総の手を引き、「こっちにおいで」とリビングから見えないコンロの前まで連れて行った。

「引いたりしないよ。俺も同じ気持ちなのに。……だから、言ってくれないか？　君の素直な気持ちを俺に」

俺は上総の腰に両腕を回し、あの言葉をせがんだ。上総は決心したように俺を熱く見つめた。

「アシュレイ……。ずっと一緒にいたい。死ぬまであなたのそばにいさせてください」

ずっと聞きたかった言葉を得て、俺の唇は自然と笑みを刻んだ。

「ああ。ずっとそばにいてくれ。君が必要とする限り、俺は君のもとを離れたりしない。約束する。心から誓うよ」

あの夜、同じ言葉を言ってくれた上総に、俺は何も言えなかった。何も返せなかった。

だがようやく言えた。同じ気持ちを返すことができた。

「神さまには誓わないけど、君に誓う。心の底から誓う」

上総は今にも泣きそうな目で俺を見つめていたが、誰も見ていないのを確かめると、俺の誓いの言葉を受け止めるように、優しくキスしてくれた。

# 神さまには祈らない

## 1

「んー。やっぱ達朗《たつろう》さんのケーキは最高っ。一番美味《おい》しい！」

羽根珠樹《はねたまき》は生クリームたっぷりのショートケーキをひとくち食べるなり、幸せそうに目を細めた。

褒められた上総《かずさ》達朗は「ありがとうございます」と礼を言い、照れ隠しのようにティーポットへと手を伸ばした。

「アシュレイ、紅茶のお代わりは？」

「ああ、もらおうか」

達朗は俺《おれ》のティーカップに紅茶を注いでから、珠樹の隣に座るアモンに視線を向けた。

「ユージンさん、久しぶりの帰省はどうでしたか？」

知り合って一年以上になるが、達朗はいまだにアモンをさんづけで呼ぶ。自分のほうが年上なのに、本当にどこまでも腰の低い男だ。まあ、そういうところが可愛《かわい》いのだが。

「そうだな。家族の嬉《うれ》しそうな顔が見られてよかった」

ユージン・マクラードとして生きているアモンは、マクラード家の傘下企業が買収した日本の電子機器メーカーの社長に就任し、去年の夏から日本で暮らしている。豪華なタワーマンションに部屋を借りているというのに、珠樹が住む古い一軒家に入り浸りで、ほぼ同居状態だ。

一方、珠樹は病院の清掃員をやめ、今は福祉施設の職員として働いていた。以前より溌剌《はつらつ》として見えるのは、仕事も私生活も充実しているからだろう。なんでも顔に出る単純さは、出会った頃《ころ》とまったく変わっていない。

休暇を取ったアモンと珠樹はアメリカに行っていた。ちゃんと飛行機に乗って往復したらしい。—数時間もかけてご苦労なことだ。

ふたりは昨日の夜に帰国したが今日まで休みなので、土産を持ってうちに遊びにきた。達朗の店、上総洋菓子店も定休日だから、珍しく昼間から四人が勢揃《ぞろ》いというわけだ。

「特に母は珠樹がお気に入りだから、一緒に帰ったのをとても喜んでくれた」

アモンが珠樹を見つめながら微笑《ほほえ》む。口の端に生クリームをつけた珠樹も馬鹿《ばか》面でアモンを見つめ返し、にっこり微笑んだ。

普段はスーツ姿が多いアモンだが、今日は休みということもありジーンズと白い麻のシャツを着ている。童顔の珠樹と並ぶと、まるでお忍びで来日中のハリウッド俳優とそのファンの高校生みたいで、俺の目にはかなり不釣り合いに見えるが、これでお互いべた惚《ほ》れなのだ。

珠樹は相手が人間ではないと知ったうえで、アモンを愛している。しかもいっさいの迷いがない。普段、珠樹を馬鹿にしてからかってばかりの俺だが、その点に関してだけは認めていた。吹けば飛ぶような頼りない外見のくせに、根性だけは据わっている。

「ユージンのママはすごくいい人で、俺にもよくしてくれるんだ。あ、サリサリにも会えたから嬉しかったな。相変わらず可愛くて、もう日本に連れて帰りたかったよ」

珠樹の言葉を聞いて、達朗が「サリサリって？」と俺に尋ねてきた。

「ユージンの実家にいるペットの黒豹《くろひょう》だ」

「え？　黒豹をペットにしているんですか……？」

達朗は絶句した。驚くのも無理もない。黒豹をペットにしている人間など、そうはいないだろう。

「サリサリは珠樹によく懐いているから、できればこっちに連れてきてやりたいんだが、日本で豹は特定危険動物に指定されているそうだ。飼育には許可が必要らしく、いろいろと難しい」

アモンが残念そうに言う。常識的に考えて東京の街中で豹など飼えるわけがないのに、真剣に検討したのだろう。以前よりだいぶ人間らしくなってきたが、こういうずれたところが、いかにもアモンらしくて笑える。

「ただいまー。……あ！　珠ちゃんとユーくんだっ」

小学校から帰ってきたマリーが、ランドセルを背負ったままリビングに飛び込んできた。

「マリーちゃん、お帰り」

「どうしたの？　今日はふたりともお仕事お休みなの？」

ふたつに分けた髪を三つ編みにしたマリーは、嬉しそうに珠樹とアモンの間で飛び跳ねた。マリーはふたりによく懐いている。特に珠樹のことは大好きだ。

大きくなったら珠ちゃんのお嫁さんになりたいと言いだした時は、あまりにも男を見る目がないマリーの将来が本気で心配になったが、今は同じクラスの人気者の大輝《だいき》くんとやらが気になっているようなので、ひと安心だ。

「うん。昨日までアメリカに行ってたんだ。これ、マリーちゃんへのお土産。気に入ってもらえるといいんだけど」

珠樹が花柄の包装紙に包まれた箱を差し出すと、マリーは「わあっ」と目を輝かせた。開けてもいいか尋ねてから、小さな手で丁寧に包装紙を剝《は》がしていく。

出てきたのは可愛い人形のついたオルゴールだった。ねじを巻くとドレスを来た少女の人形が、音楽に合わせてくるくると回る。

「可愛い！　すごくすごく可愛いっ。ありがとう、珠ちゃん、ユーくん！」

よほど気に入ったのか、マリーは夢中でオルゴールを見つめている。

「マリー。何か大事なことを忘れてないかな？」

俺が尋ねたらマリーは「あ」と可愛い声を出し、慌てて隣にやって来た。

「ただいま、パパ。ただいま、達朗兄ちゃん」

マリーは俺の頰《ほお》にただいまのキスをして、隣に座っている上総にもキスした。最初の頃はぎこちない態度でマリーにキスされていた達朗も、今では自然に受け止めている。

「ブランもただいま」

マリーが棚のケージに向かって声をかける。ケージの中で立ち上がって鼻をひくひくさせているのは達朗のペットで、一年前にご主人様と一緒にうちに越してきたジャンガリアン・ハムスターのブランだ。ブランとはフランス語で白という意味だが、その名のとおり真っ白な毛並みをしている。

「パパ、ブランを出してもいい？」

「あとでね。まずは手を洗って、それから自分の部屋に行ってランドセルを下ろしてきなさい」

「はーい。……あ、そうだ、達朗兄ちゃん。勉強机の椅子《いす》がぐらぐらするの。直せる？」

以前は上総お兄ちゃんと呼んでいたマリーだが、下宿と称して達朗が一緒に暮らすようになり、俺が下の名前で呼びだすと、自分も自然と達朗兄ちゃんと呼ぶようになった。

「ああ、見てあげるよ。部屋に行こう」

達朗とマリーがいなくなると、珠樹が「すっかり家族だね」と言った。

「マリーと達朗が？」

「アシュトレトも入れて三人が。達朗さんと一緒に暮らし始めて、もう一年になるよね？　最初はアシュトレトが飽きて、すぐ駄目になるんじゃないかって心配していたけど、すごくいい感じで続いてる。牧師の仕事もお父《とう》さん役もちゃんと頑張ってるし、本当に見直したよ」

珠樹がにこにこしながら俺を褒める。俺は「ふん」と鼻息を飛ばし、珠樹をひとにらみした。

「珠樹の分際で上から目線で喋《しゃべ》るな。不愉快だ」

すかさず言い返したら珠樹は嫌そうに俺を見て、深々と溜《た》め息《いき》をついた。

「それはそうと、最近、仲間が来なかったか？　この辺りで気配を感じたんだが」

アモンが思い出したように口を開いた。

「いや。俺のところには来てない。八百万《やおよろず》系の奴《やつ》らじゃないのか？」

日本にいる俺たち種族の仲間は総じて温厚だ。彼らはこの細長い島国からまったく離れようとせず、独自の土着型ネットワークを形成している。自然を好む者は山などに住み、人とかかわることが好きな者は神社や寺を住処《すみか》にし、その周辺に結界を張って静かに暮らしているようだ。

閉鎖的傾向はあるが来る者は拒まずの大らかな気質だから、こちらが敬意を払って彼らのテリトリーを侵さず大人しくしていれば、特に敵視されることもない。シャイすぎるのが玉に瑕《きず》だが、やりやすい相手だ。

しかしそういうぶっ変わった連中が仕切っている国のせいか、その影響を受けてきた日本人もかなり変だ。信仰心もろくにないのに、子供が生まれたらお宮参りと称して神社に連れていく。家に神棚を置いて拝んでいるかと思えば仏壇も置いてあったりするし、お正月には神社にも寺院にも初詣《はつもうで》に行ったりする。クリスマスになればクリスチャンでもないのに人騒ぎし、同じくキリスト教などよく知りもしないのに、結婚する時だけ教会で愛を誓い、なぜか葬式は大抵仏式という、なんとも無茶《むちゃ》苦茶《くちゃ》な民族だ。

　神道、仏教、キリスト教、儒教がごちゃまぜだが、いろんな宗教を取り入れているように見えて、実際は無宗教に近い。なのに宗教儀式をイベント化してどんどん取り入れていく様は、よく言えば懐が深く、悪く言えば節操がない。

　もともと八百万の神々を信仰してきた連中なので、外国から入ってきた神さまもたくさんいる神さまのうちのひとりということで、なんでもありなのかもしれない。

「それならいいが、天使の可能性もあるだろ。気をつけろよ」

「天使なら厄介だが、今の俺にはできるだけ気配を消して過ごす以外に術《すべ》はない。

「天使ってそんなに怖いの？　背中に白い羽根が生えていて、きれいで優しそうなイメージなのに」

　珠樹が興味津々といった様子で身を乗り出してきた。

「実体がないのに羽根なんて生えてるわけないだろ。単なるイメージ操作だよ。あいつらは絵でも彫刻でもなんでも、自分たちの姿を美化して神々しく描《か》かせては悦に入る、気持ち悪いナルシスト集団だからな」

　俺の口調があまりにも辛辣《しんらつ》だったのだろう。珠樹は「天使に何か恨みでもあるわけ？」と眉《まゆ》をひそめた。

「ある。おおありだ。とにかくあいつらは性格が陰湿なんだ。すぐ相手を試そうとするし、気に入らなければ罰を与える。しかもそれを神のご意志だと抜かしやがるから余計にむかつく」

「でも本人たちは正しいことをしているつもりなんでしょ？　悪いことして面白《おもしろ》がってる悪魔より、ましだと思うけど」

よく知りもせず天使の肩を持つ珠樹に腹が立った。天使は清らかだという思い込みがあるのだろう。無知とはつくづく恐ろしいものだ。

「黙れ。このアホ馬鹿カスめ。足りない脳みそで知ったようなことを言うな」

珠樹は憤懣《ふんまん》の表情でアモンの腕を摑《つか》み、「どう思う？　この二面性っ」と訴えた。

「達朗さんがいる時は品よく澄ましてるけど、いなくなった途端にこれだもん。騙《だま》されてる達朗さんが可哀想《かわいそう》だよ」

「いや、珠樹。それは違うぞ。達朗はアシュトレトの二面性には、すでに気づいている」

アモンが断言した。珠樹が「嘘《うそ》」と目を丸くする。

「気づいているのに、まだ好きなの？　そんなの物好きすぎるよ」

「物好きじゃない。俺の魅力が理解できない、お前の目が節穴なんだよ」

「はあ？　じゃあ聞くけどアシュトレトの魅力って何？　容姿は確かに魅力的だけど、その身体《からだ》は亡くなったアシュレイさんのものじゃないか。せめて内面がきれいならいいけど、傲慢《ごうまん》で横柄で意地悪なその性格に、魅力なんてちっとも感じないよ」

珠樹のくせに生意気だ。俺は指をパチンと鳴らし、珠樹の鼻を豚の鼻に変えてやった。

「ブヒ……ッ。な、何これ？　アモン、俺の鼻どうなったの、ブヒッ？」

「安心しろ。豚の鼻に変わっただけだ」

アモンが沈着冷静に答える。珠樹はブヒブヒ鼻を鳴らしながら「安心しろって何っ。早く戻してよ！」と怒った。アモンが慌てて珠樹の鼻をもとどおりにする。

「もう！　アシュトレトって本当に性格悪すぎだよっ。もう帰ろうっ」

珠樹はプンプン怒ってアモンの腕を引っ張った。珠樹を怒らせるのはいつものことなので俺はまったく気にせず、帰っていくふたりを座ったままにこやかに見送った。

「あれ？　珠樹くんとユージンさんはもう帰ったんですか？」

戻ってきた達朗が、ひとりで優雅に紅茶を飲んでいる俺を見て驚いた。急用ができたので帰ったと説明したら、疑わしそうな目で見られた。

「本当に？　また珠樹くんを怒らせたんじゃないんですか？」

以前なら素直に信じたのに、最近は俺と珠樹の関係性を見抜いているのでピンときたようだ。

「ばれたか。ちょっとからかっただけなのに拗《す》ねてしまった。珠樹は怒りっぽくていけないな」

「大人げないですよ。珠樹くん、あんなにいい子なのに」

達朗は苦笑交じりに俺をたしなめ、テーブルの上を片づけ始めた。

最近、たまに達朗に叱《しか》られる。珠樹に注意されると腹が立つのに、不思議と達朗になら何を言われても気にならない。というより、しょうがない人ですね、という目で見られると妙に楽しかったりするのだ。そんな自分を気持ち悪いと思うが、要するに達朗の関心が自分にあるのが嬉しくてならないのだろう。

いやはや、この俺さまがねぇ、といまだに呆《あき》れてしまう。人間の男相手に本気の恋をして、その挙げ句、自分も人間として一緒に暮らしているなんて、まったくどうかしている。

しかも牧師。しかも一児の父。ブラックジョークみたいな展開だ。俺さまの純愛ごっこ物語に、皆さまどうか盛大なる拍手を、と言いたくなる。

欠伸《あくび》が出そうなほど退屈でしみったれていて、面倒《めんどう》臭くて邪魔臭い人間の生活。なのに俺はこの生活を、すこぶる気に入っている。はっきり言えば幸せさえ感じてしまっているのだから、まったくもって救いようのない話だ。今では愚かしくなった自分を嫌いではないのだから、もうお手上げだ。偉大なる愛の奇跡とやらに、全面降伏するしかない。

それもこれも達朗のせいだ。この平凡な、どこにでもいるような男を愛してしまったせいで、俺は変わった。最初の頃は戸惑ったし、そんな自分を受け入れられず足掻《あが》いたが、達朗の深い愛情の前に俺はくだらないプライドを捨て去った。そんなものにしがみつくより、大事なものがあると気づかされたからだ。

シンクで洗い物をする達朗の隣に行き、なんとなく横顔を眺めた。出会った頃はそこそこ整っているが垢抜《あかぬ》けない顔だと思っていたのに、今では最高に格好よく見える。

特に横顔が好きだ。額から鼻先へのシャープなラインと、唇から顎《あご》にかけての優しいラインの対比が美しい。喉仏《のどぼとけ》のラインもいいし、その下に続く厚い胸板の盛り上がりもたまらない。要するに達朗のすべてが好ましいのだ。

「マリーは宿題をしています。終わったら美奈《みな》ちゃんの家に遊びに行くそうですよ」

何も言わない俺を怪訝《けげん》に思ったのか、達朗が振り向いた。至近距離で目が合う。

「なんですか？　俺の顔に何かついてます？」

「いや。見たいから見ているだけだ。俺はいつだって君に夢中だからな」

達朗は照れ臭そうな顔で俺を見つめ、それからキスをした。そんな軽い口づけでは物足りない。俺は達朗の腰を自分のほうに引き寄せ、もっと深いキスをねだった。

達朗はすぐにその気になり、俺の唇を貪《むさぼ》り始めた。甘く情熱的なキス。しかし両手は泡だらけで、俺を抱き締められない。

もどかしそうに手をもぞもぞさせている達朗が可愛くて、股間《こかん》をそっと撫《な》で上げた。達朗は目で駄目だと制止したが俺は構わず、キスしながらそこをやんわりと愛撫《あいぶ》し続けた。達朗のものが形を変え、ジーンズの硬い生地を押し上げてくる。

窮屈な場所から出して存分に可愛がってあげたかったが、残念ながら時間切れだった。

俺は唐突に身体を離し、追いかけてくる達朗の顔を手のひらで押しやった。達朗は拒絶されたと思ったのか、ひどく悲しそうな目をする。

これだからたまらない。ちょっと俺に冷たくされただけで、この男はまるで捨てられた子犬のような目をするのだ。ギューッと抱き締めて、無茶苦茶に撫で回したくなる。

「違うよ。マリーが来る」

そう言った瞬間、ドアが開いてマリーが顔を覗《のぞ》かせた。

「パパ、宿題が終わったから遊びに行ってくるね。美奈ちゃんちだよ」

「ああ、行ってらっしゃい。五時までに帰ってくるんだよ」

マリーは「わかってるっ」と元気に答えて出かけていった。達朗の視線に気づいた俺は、「何？」と微笑んだ。

「前から思っていたんですけど、アシュレイはマリーの気配にすごく敏感ですよね」

「父親だからね。あの子が近づいてくると自然とわかるんだ。おかげで何度も助かってるだろ？」

ふたりがいい雰囲気になったところにマリーが現れるという場面は、これまでにも何度かあった。それでいて、幼い娘に不埒《ふらち》な現場を一度も目撃されずに済んでいるのは、俺の機敏な判断ゆえだった。

「ええ。本当に助かってますよ」

濡《ぬ》れた手をタオルで拭《ふ》いた達朗が、笑いながら俺を抱き締めようとした。けれど俺はするっと身をかわす。達朗が戸惑ったような顔で、「またマリーですか？」と声をひそめる。

「いや、違う。もう教会に戻らないといけないんだ。人と会う約束があってね」

やるせない目をする達朗の股間は、まだ高ぶっている。俺はそこを指先ですっと撫でてから、耳もとで「いい子だから我慢して」と囁《ささや》いた。

「……たまに思います。俺を焦《じ》らして楽しんでいるあなたは、まるで悪魔みたいだって」

恨めしそうな表情を浮かべる達朗の頰にキスして、俺は心の中で「正解」と言ってやった。


「――人魚姫は海の泡となって、空へ昇っていきました」

絵本を読み終えた時には、マリーの目はもう半分閉じかかっていた。俺がおやすみのキスをすると眠たそうな顔で、「人魚姫の王子さま、嫌い」と呟《つぶや》いた。

「他《ほか》のお姫さまはみんな王子さまと幸せになれるのに、どうして人魚姫だけは駄目なの？　人間じゃないから？　そんなの可哀想すぎる」

マリーはシンデレラや白雪姫などの「王子さまとお姫さまは、いつまでも仲よく幸せに暮らしました」で終わる物語が大好きだ。だから悲恋に終わる人魚姫はお気に召さないらしい。それなのにたまに読んでとせがむのは、どういう心理なのだろうか。俺にはさっぱりわからない。

「気づかない王子さまが悪いのよ」

マリーは最後にそう言って、スーッと眠ってしまった。俺はあどけない寝顔をひとしきり眺めてから、額にキスをして子供部屋を出た。

寝る前に本を読んであげるのは日課だが、いつまで続けられるのだろう。そのうちマリーにもういいと言われ、年頃になれば勝手に部屋に入らないで、と怒られる日が来るのかもしれない。いや、必ず来るはずだ。想像するだけで悲しくなる。

父親とはつくづく切ない生き物ではないか。愛情を注いで大事に大事に育てても、いつかは娘を他の男に取られてしまうのだ。大きくなったマリーが彼氏を連れてきたら、俺はそいつをミミズに変えて踏み潰してしまうかもしれない。

「……いや。どうせなら毛虫のほうがいいか」

独り言を呟いてから浴室の水音に気づき、脱衣所のドアを開けた。磨りガラスの向こうに、達朗の裸体がぼんやりと浮かび上がっている。ノックをして浴室のドアを開けたら、バスチェアに座って身体を洗っていた達朗が、嬉しそうに俺を見た。

「マリー、もう寝ましたか？　アシュレイも一緒に入ります？」

入らないと言ったら本気で落ち込みそうだったので、俺は笑いをこらえて「そうだな」と答えた。

服を脱いで洗い場に入り、達朗の手から泡だらけのスポンジを奪い、背中を洗ってやった。

洗い終わってから「俺の身体も洗ってくれる？」と尋ねた。

「もちろんです。スポンジを貸してください」

「手で洗ってほしいな」

達朗は一瞬、間を置いてから「はい」と頷《うなず》き、場所を交代した。よく泡立てた石鹼《せっけん》の泡を、後ろから俺の身体に塗りつけていく。まるでスポンジケーキに生クリームをデコレーションするかのように、優しく丁寧な手つきだ。

達朗の大きな手は背中から肩へ。肩から腕へ。また肩に戻って脇腹《わきばら》へ。

あくまでも身体を洗っているだけですと言いたげな真面目《まじめ》な手つきだが、俺にはわかる。必死で欲望を抑えつけているのだ。うなじのあたりにちりちりと突き刺さってくる視線が、達朗の熱い気持ちを雄弁に物語っている。

撫で回されてくすぐったかったが、我慢して動かなかった。上半身を洗い終わった達朗が「こっちを向いてください」と言った。その声は欲情のせいか、わずかにかすれている。

身体を回転させて向かい合う格好になった。達朗は俺の顔を見ずに、泡だらけの手で身体を洗い続けていく。

首筋、胸、腰。丁寧に動く手が心地いい。達朗の雄も俺の雄もとっくに形を変え、泡にまみれて屹立《きつりつ》しているというのに。達朗はそこを避けて腿《もも》へと手を伸ばした。身体を洗っている最中にいやらしい真似《まね》をするのは、いけないことだと思っているのだ。

達朗の自制心の強さには呆れてしまう。もう一年も一緒に暮らしている恋人同士だというのに、今

さら何を遠慮することがあるのだろう。この真面目さを可愛いと思う反面、待ちくたびれて「さっさと襲え！」と命令したくなる。

俺は焦らすのは好きだが、焦らされるのは好きじゃない。だから達朗の腕を掴んで「ここも洗ってくれ」と囁き、股間に手を導いた。

「い、いえ、全部洗ってから最後にします」

「……そうか。だったらもういい。君には二度と頼まないよ」

冷たく言い放ち、俺は泡だらけのまま湯船に浸《つ》かろうとした。達朗が慌てて立ち上がり、「ま、待ってください」と俺の腕を摑む。俺はその手を強く振り払った。

「いいんだ。触りたくないのに無理強いなんてできない」

「違いますっ。そうじゃないんです。触りたいのを、必死で我慢していたんです……っ」

「どうして？　どうして我慢なんてする必要がある？　俺は君のものなのに。頭のてっぺんから爪先《つまさき》まで、余すところなくすべて君のものだ。なのにどうして求めてくれないんだ？」

あまり苛《いじ》めては可哀想だと思い、俺は達朗を壁に押しつけて彼の頰を両手で包み込んだ。

「達朗。俺が欲しい時はいつだって心のままに求めてくれ。君に求められる喜びは、俺にとってかけがえのない幸せなんだから」

「アシュレイ……」

達朗は感激の面持ちで俺を強く抱き締めた。力強い抱擁にうっとりしながら、達朗の肩に頭を預ける。以前の俺なら演技でしか言わなかっただろう甘ったるい言葉も、達朗が相手なら心から言える。

そういう言葉を発することで達朗が喜ぶとわかるからだ。達朗の喜びは、そのまま俺の喜びにほかならない。

「俺、一度始めてしまうと抑えが効かなくなるでしょ？　だから我慢したんです。こんなところで抱いてしまったら、あなたに風邪を引かせてしまうと思って」

「そんなの気にしなくていい。君に抱かれたら俺の身体はすぐに火照って燃え上がるのに。……だから我慢なんてしなくていいんだ。好きなように俺を愛してくれ」

吐息が混じり合うほど唇を近づけて囁くと、達朗の理性は瞬く間に弾《はじ》け飛んだ。噛《か》みつくように激しく口づけられる。

待ち侘《わ》びた貪欲《どんよく》な舌が俺の中に入ってきた。痛いほど舌先を強く吸われ、俺の興奮はますます高まっていく。もっと激しい刺激が欲しい。もっと熱くていやらしいものを、この身体に深く打ち込んでほしい。

「達朗……。これが欲しい。君を今すぐに感じたいんだ……」

熱く脈打っている達朗のペニスを摑み、切なく訴えた。演技ではなく、本当に欲しくて欲しくて気が狂いそうだった。だがその一方で、そんな自分を冷静に眺めているもうひとりの俺がいる。

俺はなんて愚かになってしまったのだろう。色欲に溺《おぼ》れるのはいい。これまでもいろんな人間の身体を借りて、ありとあらゆる淫行《いんこう》を楽しんできた俺だ。

若い美女になって男たちをたぶらかしたり、鼻持ちならない金持ち野郎になって女を取っ替え引っ替えしたり、敬虔《けいけん》な神父を誘惑して面白がったり、複数で一晩中、面白可笑《おか》しく楽しんだり、とにかく昔から俺の放蕩《ほうとう》ぶりは枚挙に暇《いとま》がない。

人間など俺にとっては、暇潰しに相手をする愛玩《あいがん》動物。可愛がりはしても決して愛したりはしない、下等な生き物だった。

それが今はどうだ？　父親役を楽しみながら幼い少女に惜しみない愛情を注ぎ、事実を何も知らない無知な青年を本気で愛して、馬鹿みたいに夢中になっている。今さらその事実に抗《あらが》う気はないが、自分のあまりの変わりようが滑稽《こっけい》で、危機感さえ覚えるほどだ。

「……早く来てくれ」

余計なことを考えたくなくて、誘うように達朗に背中を向けた。壁に腕をついて腰を突き出すと、達朗の雄が入り口を探すように双丘の割れ目をくすぐってきた。達朗の侵入をひたすら待ち侘びる淫《みだ》らな身体は、そんな些細《ささい》な刺激にさえ震えてしまう。

達朗のものが石鹸の泡と先走りのぬめりの助けを借りて、俺の狭い場所へと埋め込まれていく。俺はたまらず「ああ」と呻《うめ》いた。

この瞬間がたまらない。押し開かれ貫かれ、奥まで満たされる快感。それは言葉にできない充足感をもたらしてくれるのだ。燃えたぎる楔《くさび》を打ち込まれながら、俺は達朗に懇願した。

「達朗、もっと奥まで……」

後ろ手に達朗の腰を引き寄せる。達朗は俺の望みどおり、最奥《さいおう》まで強く突き上げてきた。痺《しび》れるような刺激に、また呻きが漏れる。

次第に早いピストンへと動きを変えていく腰使いに、俺はただ恍惚《こうこつ》となる。達朗の息が荒くなっていき、その呼吸の音がまるで甘美な音楽のようで耳に心地いい。

俺は没頭する。貫かれる感覚の深部に身を委《ゆだ》ね、達朗が奏でるリズムの中に埋没していく。まるでトランス状態に陥っていくかのように、達朗の動きに酔いしれて自分を解放する。

肉体の交合の果てに魂の交合があることを、俺は達朗と抱き合うようになって初めて知った。無我の極致に達したその時、ふたつの魂は確かにぶつかり合い、激しく火花を散らすのだ。

「アシュレイ、もう……っ」

達朗が限界を告げてくる。俺は激しい突き上げに揺さぶられながら、「おいで」と呟いた。

「我慢しなくていいから、俺の中で達《い》って……」

肌のぶつかり合う音がどんどん早まっていき、嵐《あらし》のようなインサートにもみくちゃにされ、頭が大きく揺れる。

肉体を持ってしか到達できない、その高みへとふたりして堕《お》ちていく。

「く……っ」

愛《いと》しい男が上げる快感の呻き声を聞きながら、俺もまた最高の絶頂を味わっていた。

2

牧師の仕事は案外忙しい。礼拝がメインでたまに結婚式や葬儀、それ以外はたいした仕事をしていないように思われがちだが、そんなことはないのだ。

毎日、信徒の悩み事などの相談に乗っているし、訪問者があれば面談もする。電話への対応、手紙やメールの返事、他にもチャリティーバサーの企画や、教会同士での会合だのなんだのといった雑多なつき合いもある。そういう合間を縫って聖書を読んで勉強したり事務作業もしたりするのだから、なかなか多忙な毎日だ。

それにしても、この俺が聖書で勉強とは！

笑えるが致し方ない。礼拝や集会での説教を考えるのは意外と大変なのだ。ネタを仕込むためには、大嫌いな聖書だって読む。

しかし読めば読むほど苛《いら》つく本だ。時々、天使どもが出てくるところが最高に気に食わない。

自らを神の使者、天の軍勢などと大層なことをほざいているが、あいつらはただの勘違い自称エリート集団でしかない。見たことも話したこともない神とやらを我が父と崇《あが》め、自分たちこそが選ばれし神の御使いと称しては、人間に干渉を繰り返している。

無知な人間たちを正しい方向に導いているつもりらしいが、俺に言わせればすべてが余計なお世話というものだ。堕落するのも馬鹿な行いをするのも、人間の勝手ではないか。自由意志というものは、すべての生命に等しく与えられた、唯一無二の権利だと俺は思っている。

　これはあくまでも俺の持論だが、人間という生き物を魂のレベルで語るなら、彼らはあらゆる体験と経験を望んでいるように思える。正しいことも悪いことも、喜びも悲しみも、笑いも怒りも、幸せも不幸もだ。ぐだぐだと終わりなき転生を繰り返すのは、そのためではないだろうか。

　ある人生では裕福な男として生き、ある人生では薄幸な女として生きる。白人に生まれたかと思えば次は黒人に生まれ、善人として愛された人生を送ったあとは、凶悪な犯罪者として裁かれる。すべては人間が望んだことなのだ。もちろん彼ら自身は生まれてくる時に、そういう真の目的を忘れてしまっているので、人生の意味を知ることなく、ただ与えられた毎日を不平不満と共に生きて、やがては老いて死んでいくわけだが。

　そんな彼らに上から目線の干渉は不要なのだ。好きにさせてやれと言いたい。なのに天使どもは、くだらない信仰心を強いて、神の名のもとに自分たちをも崇めさせようとする。

　まあ、そういう俺だって何千年前だったかは忘れたが、面白がって神さまごっこをしていた時期はある。面倒になったのでやめてしまったが、今でも悪魔崇拝の連中からは、強大な力を持つ高位の悪魔として崇められているので、気が向けば召喚されてやって取引に応じたり、特殊効果でおどろおどろしいオカルトムードを盛り上げてやったりすることもある。こう見えて、俺はサービス精神が旺盛《おうせい》なのだ。

　だが天使どもはいつも真剣だから質《たち》が悪い。自分たちを絶対の正義だと信じ込んでいる。要するに頭が硬いのだが、その生真面目さが手に負えない。自分たちに組しない連中を、堕天使だの悪魔だの反逆者だのと呼んで敵視しまくるものだから、かつてはよく戦いが起きた。

最近は連中もソフト路線にシフトしてきたが、それでも他の勢力と犬猿の仲であるのに変わりはない。俺はアシュレイとして生きるようになってから極力気配を消しているので、今のところは天使どもに存在を気づかれていないが、もし見つかったら面倒なことになる。

奴らは俺を排除しようとするだろう。けれど俺は父親としてマリーを育て上げ、達朗と共に生きると決めている。この身体を捨てるわけにはいかないのだ。

戦って勝てるかどうかわからない。天使のひとりやふたりを圧倒することは容易《たやす》いが、集団で時間をかけて攻撃されれば、さすがの俺も持ちこたえられないだろう。

とはいえ、俺は物事を悲観視しないので、どうにかなるだろうと考えている。

何事もなるようになる。ならない時はそれまでだ。


教会から自宅に戻ってきた俺は、リビングから聞こえるマリーの泣き声に気づいて眉をひそめた。

尋常ではない泣き方だったのだ。

「どうしたんだ？　何があった？」

「パパーっ」

部屋に入っていくと、マリーは涙で濡れた顔をくしゃくしゃにして抱きついてきた。

「ブランがっ、ブランが死んじゃったの……！　うわぁ……っ」

「ブランが？」

達朗が神妙な表情で頷く。その手にはブランが載っていた。確かに死んでいる。

「つい今しがた、マリーが見つけました。寿命です。三年近く生きましたから長生きしたほうです」

そういえば最近は元気がなかったな、と思い至る。寿命なら仕方がない。

「マリー。あとでお庭に埋めてあげよう」

「埋めるなんて嫌だっ。ブランとお別れしたくない……っ」

マリーは達朗の手からブランを奪い取り、胸の前で抱えてしゃがみ込んだ。

大泣きする姿を見て、たかがネズミ一匹が死んだくらいで、そんなに悲しまなくてもいいのではないかと思ったが、マリーは心の優しい子だ。ブランをとても可愛がっていたから、突然の死をすぐには受け入れられないのだろう。

「マリー。いい子だから聞いておくれ。ブランは神さまに召されて天国に行ったんだ。ブランの魂は、天国で今も元気にしているんだよ。だから決して可哀想じゃないんだ」

俺はマリーの肩を抱いて優しく語りかけた。根気強く話しているうちに悲しみが少し紛れたのか、マリーは赤い目で俺を見上げ、「天国にもひまわりの種、ある？」と尋ねてきた。

なんと子供らしい質問ではないか。俺は「もちろんだよ」と微笑んだ。

「天国にはブランの大好きな食べ物がたくさんあるから、心配しなくていい。マリーが笑顔で見送ってあげれば、ブランもきっと喜ぶ。ブランはマリーの泣き顔なんて見たくないだろうからね」

しばらくしてマリーは「ブランのお墓、つくってあげなきゃ」と呟いた。俺と達朗はホッとした気持ちで顔を見合わせた。

庭の片隅に小さな穴を掘ってから、そばで咲いていた白い薔薇《ばら》の花びらを穴の中に敷き詰めた。マリーが「花びらのベッドね」と嬉しそうに俺を見る。

マリーはブランを白い花びらの上に、そっと置いた。

「さよなら、ブラン。大好きだったよ」

マリーはもう泣かなかった。ただ寂しそうに小さな手で土をかけていく。盛った土の上に、達朗が木の枝と麻紐《あさひも》でつくった十字架を立てた。牧師である以上、ここはやはり祈禱《きとう》が必要だろうと思い、俺は神妙な態度で俯《うつむ》いた。

「……いつも私《わたし》たちを見守り、導いて下さる慈しみ深き神よ。この小さき者の命を御手に委ねます。この者があなたの国で、永遠の命の喜びを味わうことができますように。いつの日か、御旨に従う私たちが永遠の命の希望を抱いて、あなたの御国で再会の喜びを見出《みいだ》すことができますように。主イエス・キリストのお名前によって祈ります。アーメン」

俺が短い祈りを終えると、マリーと達朗も「アーメン」と呟いた。


その夜、マリーに本の読み聞かせはいらないと言われた。そういう気分でないのはわかるが、至福の時間を失った俺は、いささかショックだった。

「父親というものは、こうやって段々と必要とされなくなっていくんだな」

寝室で達朗に愚痴をこぼしたら、「大袈裟《おおげさ》ですよ」と笑われた。

「今日だけのことですって。親離れはまだ当分先ですから安心してください」

「そうだといいんだが。……君は俺のことを子離れできない馬鹿な父親だと、腹の中では笑っているだろうな」

ベッドに座って溜め息交じりに言ってやる。達朗は慌てて隣に腰を下ろし、「そんなことありません」と反論してきた。

「笑うなんてとんでもないです。むしろマリーが羨《うらや》ましいくらいですよ。あなたに大切にされて、心から愛されている。マリーは幸せな女の子です。あなたのような素敵《すてき》なお父さんは他にはいません」

お世辞ではない真剣な口調だった。わかっているが、本当にこの男は俺が好きなんだなぁ、と心の中でニヤニヤしてしまう。ここはもっと俺を好きにさせてやるべきだろうと考え、俺は儚《はかな》げな笑みを浮かべて達朗を見つめた。

「そんなふうに言ってもらえて嬉しいよ。妻を亡くした時、マリーはまだ二歳だった。ひとりで育てられるか不安だったが、あんないい子に育ってくれた。俺こそ幸せな父親だよ。……それに、君にも心から感謝している」

俺はかすかに声を震わせて、達朗の手を強く握った。

「君がこの家に来てくれてから、マリーはいっそう明るくなった。俺は君にたくさん助けられている。家のこともだけど精神的な部分でも。もう君なしの生活なんて考えられない」

「アシュレイ……」

達朗は感激して目を潤ませた。この男はなんて他愛もないのだろう。子供のように純粋で、見ているとたまに切なくなる。

その時、いいムードをぶち壊すように達朗の携帯が鳴った。達朗は着信表示を見てから慌てたように立ち上がり、「ちょっとすみません」と謝って廊下に出た。

どうも様子が変だ。一昨日《おととい》も同じようなことがあった。夕食中に電話がかかってきて、達朗はやっぱりなぜか廊下に出てしまったのだ。普段は誰《だれ》の電話であろうと俺の前で普通に出るのに、明らかにおかしい。

達朗に限ってないと思うが、浮気でもしているんじゃないだろうか？　もしそうなら相手の鼻を豚に変えるくらいでは、到底気が済まない。

ちなみに上総洋菓子店で働いていたアルバイトの坂口祐也《さかぐちゆうや》は、割のいいバイト先を見つけたらしく、半年ほどで辞めていった。今は面白い顔をした愛想のいい主婦が、販売を担当している。

しばらくして戻ってきた達朗に、俺は単刀直入に尋ねた。

「こそこそ電話に出るなんて怪しいな。浮気でもしているのか？」

達朗は「えっ？」と驚いてから、「な、な、何を言ってるんですかっ」と慌てふためいた。

「そんなに驚くなんて、ますます怪しい。さっきの電話は誰からだったんだ？　正直に言わないなら、当分、俺の寝室には立ち入り禁止だ」

きっぱり断言すると、達朗は「誤解です」と情けない顔で俺の隣に腰を下ろした。

「アシュレイがいるのに、浮気なんてするわけないですよ。したいと思ったこともありません。俺はあなたしか欲しくない。本当です。信じてくださいっ」

必死で言い募ってくる姿に嘘の気配はない。本気で疑ったわけではないが、隠し事をされるのは嫌だから、俺はあえて冷たい表情を崩さなかった。

「だったら、どうしてこそこそしているんだ？」

「それは……。アシュレイに変な心配をかけたくないと思って」

「心配？」

達朗は観念したのか「すみません」と謝ってから、事実を打ち明けた。

電話の相手は達朗が以前、勤めていた洋菓子店の先輩だった。その先輩は過去にパリの有名店でパティシエとして働いていた経歴の持ち主で、達朗の腕前を高く評価していて、一度フランスで修行してきてはどうかと誘ってくれているらしい。

「先輩が働いていたパリのパティスリーショップには、パティスリー界の鬼才と呼ばれるすごいシェフ・パティシエがいるんです。先輩はその人と一緒に働けるチャンスなんて滅多《めった》にないから、ぜひ行ってこいと言ってくれて……」

「もし行くとしたら、どれくらいの期間？」

「最低でも一年でしょうか」

一年――。顔が引き攣《つ》った。一日だって離れていたくないのに、一年も離れればなれだなんて絶対に無理だ。我慢できそうにない。

「嫌だ。一年も君と離れて暮らすなんて、俺には耐えられない。断ってくれ」

率直な気持ちを口にした俺を見て、達朗は嬉しそうに笑った。

「ええ。もう断りました。お客さんが増えてお店も忙しくなってきたし、アシュレイとの生活もすごく楽しい。今の幸せな暮らしを捨ててまで、フランスに行くつもりはありません」

その言葉を聞いて安心したが、先輩が何度も電話をかけてくるのは、達朗に行きたい気持ちがあることを見抜いているからではないだろうか。向上心の強い達朗のことだから、フランスで経験を積みたいという気持ちは絶対にあるはずだ。

　達朗のことを思うなら、行っておいでと送り出してあげるべきなのかもしれない。だけどそこまで物分かりのいい恋人には、なれそうもない。

「本当にいいのか？　後悔しない？」

「ええ。しませんよ。あなたがいてマリーがいて、あの店がある。俺にはそれで十分です。これ以上の幸せなんてない」

　達朗は優しい目で俺を見つめ、それから頬にキスをした。

「……ありがとう」

「俺、本当に今は最高に幸せなんですよ。ひとりで暮らしていた頃は孤独で、話し相手がハムスターしかいないような、寂しい男だったんですから」

　冗談めかして言うから、俺も「それはひどいな」と笑って話に乗ってやった。

「そういえば聞いたことがなかったな。なぜブランを飼おうと思ったんだ？」

　達朗は俺の手を握りながら、照れ臭そうに「たいした理由はないんですよ」と経緯を明かした。

「念願のお店をオープンさせたのはいいけど、最初の頃はお客さんも少なくて、続けていけるんだろうかって不安でした。家に帰ってもひとりきりで寂しいし、気持ちがどんどん暗くなってしまって。そんな時、通りかかったペットショップでブランを見かけたんです。可愛くてすごく癒《いや》されました。店の人に、売れ残っている子だから安くしてあげるって言われて、なんとなくその気になって連れて帰ったんです」

「なるほど。寂しかったからか」

納得のいく答えを聞いて、ふと思った。

俺も寂しかったからマリーを愛し、達朗を愛したのだろうか？

寂しいなんて感情は、これまで知ることがなかった。俺たちは孤独であることが普通だ。人間と違って家族など最初からいないし、友人や恋人がいなくても別に困りはしない。単体で何不自由なく存在できる。

そうだ。俺はずっと自由だった。義務もなければ責任もない。行きたい場所があればいつでも瞬時に行けるし、何かを体験したければ人間の身体を借りて楽しめばいい。

自由で気楽で、だがなんの達成感も到達感もない生き方。いや、そもそも生きているという言い方自体が俺たちにはそぐわない。人格、ないしは思考を持った実体のないエネルギーの塊でしかないのだから。

唐突に俺は大きな疑問を抱いた。そもそも、俺はなぜこの世界に存在しているのだろう――。

「不思議とブランを飼い始めてから、お客さんも増えて忙しくなりました。俺のつくるケーキはやっぱり美味しいんだって自信を取り戻したんです。でもその頃、ある男性のお客さんに言われたんです。君のつくるケーキは地味すぎる、もっとデコレーションに凝るべきだと」

聞き覚えのある言葉に、おやっと思った。もしかしなくてもそれは、俺がポール・ワイズだった時に言った言葉ではないだろうか。

「見た目で誤魔化《ごまか》さずに味で勝負したいと言い返したら、見た目で楽しませて、さらに舌で感動させるのが真のケーキ職人だ、君の言い分は怠慢だって言われて、ぐうの音も出ませんでした。それからデコレーションにもこだわろうと思うようになったんです」

達朗は以前も同じ話をしてくれたが、あの頃の記憶は俺が消してしまったので覚えていないのだ。当然、俺がポールと知り合いだと話したことも覚えてない。

ふたりの本当の出会いを教えてあげたいと思ったが、そもそも本当の出会いがどれかわからない。ポールとしてケーキを買いに行った時が最初か？　それとも雨の夜、死んだアシュレイの身体に俺が入った時か？

俺に記憶を奪われた達朗は、ケーキを買いにきたアシュレイに一目惚れし、教会で再会して運命的な恋に落ちたと思い込んでいる。なぜ俺を見て心が騒いだのか、どうしてまた会いたいと思ったのか、その理由も知らないで、なんの疑いを持つこともなく、ただまっすぐに俺を愛しているのだ。

自分が悪いとわかっているが、たまに悲しくなる。できることなら消した記憶を元に戻して、達朗にすべてを思い出してもらいたかった。

だがそれはしない。俺は決めたのだ。もう二度と達朗の頭の中を弄《いじ》らないと。どんなに自分にとって都合の悪いことが起きても、達朗の記憶は絶対に操作しない。

「……そういえば、初めてアシュレイがうちの店に来てくれた時、ちょっと似てるなって思ったんですよね」

「似てる？　君のケーキを批判した男と俺が？」

「ええ。外見は全然違うのに、どうしてだか、あのお客さんを思い出してしまって」

「……」

時々、達朗には本気で驚かされる。ケーキをつくる以外は特に秀でた部分もない、どこにでもいそうなありふれた青年なのに、俺に関してだけは時に特異な力を発揮する。

記憶がなかったにもかかわらず、達朗は本能的にポールとアシュレイを同一視したのだ。本人にその自覚はないだろうが、魂のレベルで俺の存在を感じ取ったと言っても過言ではない。

達朗にすればなんでもない話だろうが、俺には激しく心を揺さぶられるエピソードだった。嬉しかったがひねくれ者の俺は、「ふうん」と冷たい声を出した。

「もしかしてそのお客、君の好みのタイプだったんじゃないのか？」

俺の冗談を真に受け、達朗は焦ったように「そ、そんなことありませんっ」と目一杯に否定した。

「ハンサムだったけど、すごく気取った嫌みな人で、全然俺のタイプじゃなかったです」

複雑な気持ちになった。言えるものなら、そいつも俺だと言ってやりたい。

「そうだったな。君のタイプは年下の可愛い男の子だった」

「え……。俺、そんなこと、アシュレイに言いましたか？」

話した覚えのないことを俺が知っているので、達朗は本気でびっくりしている。俺は余裕綽々《しゃくしゃく》の態度で「わかるさ」と言ってやった。

「君のことは、すべてお見通しだよ。だから本当に浮気なんてしたら一発でわかる。残念だったね」

「だから何度も言ってるじゃないですか。浮気なんてしませんよ」

喜ばせるために言ったわけではないのに、達朗はニヤニヤしている。俺に妬《や》かれるのが嬉しくてたまらないらしい。

「俺はアシュレイ一筋です。ずっとあなたを愛し続けます」

俺は「嬉しいよ」とにっこり笑って達朗にキスをした。だが心の中では別のことを考えていた。

これは今だけの、今生だけの愛の誓いだ。

今は俺を愛している達朗だが、死んだらすべて終わる。

次の人生で、君は俺を覚えていないんだ。俺を愛したという記憶は、欠片《かけら》さえも残っていない。


泣いてないだろうかと気になり、俺はベッドを抜け出してマリーの部屋を覗きにいった。マリーはお気に入りのウサギのぬいぐるみを抱いて、よく眠っていた。

安心して寝室に戻り、ベッドにまた身体を横たえると、隣から腕が伸びてきて抱きつかれた。言葉はなくても、その抱き締め方でわかる。どこに行っていたのかと問うているのだ。

「マリーの様子を見てきた。よく眠っていたよ。目もとは赤かったけどね」

達朗は眠たそうな顔で俺を見ていた。

「そうですか。泣きながら寝ちゃったんでしょうね。可哀想に。……俺は夢を見てました。最近、たまに見る怖い夢です。起きたら隣にアシュレイがいなくて、余計に怖くなった」

「どんな夢？　俺に聞かせてくれる？」

布団の中で達朗の手を探して握った。達朗は俺の指に自分の指を絡めながら、「聞けば嫌な気分になるかも」と表情を曇らせた。

「平気だよ。だって夢の話だろ？　なんでも話してくれ」

笑って言ってやると、達朗はためらいがちに口を開いた。

「……激しい雨が降っているんです。店を閉めた俺は、家に帰るため車に乗り込みます。土砂降りでワイパーをハイにしても視界が悪い。だからそんなにスピードは出していなかったけど、急に猫が飛び出してきて、俺は咄嗟《とっさ》に急ブレーキを踏むんです。そしたらタイヤがスリップして、車は歩道のほうに——」

達朗は言いづらそうに黙り込んだ。俺は続きを知っているが、「それで？」と促した。

「それで……それで、俺は人を轢《ひ》いてしまうんです。慌てて車を降りたら男の人が倒れていて、そばには小さな女の子がいました。女の子は男の人に抱きついて、『パパ、起きてっ』って叫ぶけど、男の人はぴくりともしません。……その男の人はアシュレイなんです」

深刻な表情で達朗が打ち明ける。俺は驚いたふりをして、「俺？」と尋ね返した。

「はい。女の子は今より少し小さいマリーです。夢の中の俺はアシュレイを知らなくて、見知らぬ他人を轢いたと思ってます。救急車を呼ぼうとして携帯を必死で探すけど、パニックに陥っていてどうしても見つけられない。死んでしまったらどうしようって焦燥感にまみれながら、いつもそこで目を覚ますんです」

「そうか。確かに嫌な夢だな。でも夢は夢だ。君は俺を轢いてないし、これから先もそんな悲劇は絶対に起こらない」

励ますように強く言うと、達朗は「そうですよね」と力なく微笑んだ。

「もしかしたら、あの夢は俺の不安の表れなのかも。俺が今、一番怖いのは、あなたを失うことです。そんな気持ちがあんな夢を連れてくるのかもしれない」

「だとしたら、とんでもない取り越し苦労だ。俺はどこにも行かないよ。だから安心してお休み」

頰にキスしたら達朗は頷き、やがて俺の手を握ったまま眠りについた。俺は達朗の寝顔を眺めながら、そういうことだったのかと驚きを味わっていた。

達朗があの事故を夢に見るのは、記憶が残っているからではない。彼の脳細胞に刻まれた記憶は、俺がきれいに消し去った。記憶操作は俺のもっとも得意とする分野だ。しくじることは絶対にないと断言できる。

記憶がないのに達朗があの事故を覚えている理由は、ひとつしか考えられない。達朗は魂に刻まれた記憶を引き出したのだ。

人間の魂にはすべての過去生が記憶されているが、あらたな肉体を持ってこの世に生まれてくると、魂の記憶にはアクセスできなくなる。だが希《まれ》に過去生を覚えている人間もいる。

いつの時代にこんな人間として生きていたと言える者もいれば、そこまで確かな内容ではなく、たとえば今の人生では一度も溺《おぼ》れたことがないのに、水が無性に怖いという人間が、前の人生で水死していたというようなケースは、それほど珍しい話でもない。

達朗の場合は、何かの拍子に魂の記憶が脳内にダウンロードされてしまったが、肉体が実際に持つ記憶ではないから表層自我が混乱して、夢という形で現れているのだろう。

俺を再び愛したのも、そのせいだったのかもしれない。その可能性について考えなかったのは、それは極めて珍しいことだからだ。

前世の記憶はすでに完結した、いわばファイナライズ処理された記録だから、どれだけアクセスしても問題はないのだが、今の人生の記憶は上書き可能の不確定データのようなものだ。レコーダーで録画中のデータに触れられないのと同様に、今生きている人生の記憶を当人が魂から引き出してくるのは、不可能だと思っていた。

「……君は不思議な男だな」

達朗の寝顔を見ながら、俺は思わず呟いていた。都合のいい考え方だが、これは俺を愛するあまり達朗に起きた、小さな奇跡なのかもしれない。

人間など取るに足りない存在だと見下し、無意識のうちに愛さないようセーブしていたのに、なぜか達朗だけは無理だった。愛さずにはいられなかった。

他の人間と何が違うというのだろう？　わからない。まったくわからない。

ただ愛してしまったのだ。何を捨てても惜しくないほどに。

――別れが来るとわかっていても、出会わなければよかったとは絶対に思わない。

いつかのアモンの言葉が頭をよぎった。

唐突に散歩に出かけたくなった俺は、達朗を起こさないようにそっとベッドを降りた。


長い間、人間の肉体に入って同じ生活を続けるのはひどく窮屈だ。ストレスが溜まってしょうがない。人間だって着ぐるみに入ったまま生活するのは大変だろう？　それと同じことだ。

だから俺は時々、息抜きにひとりで散歩に出かける。とはいえ、アシュレイの肉体を置いてはいけない。遠隔操作で仮死状態に保っておけば、少しくらい肉体から離れても問題はないのだが、万が一のことを考えて、それはしないようにしていた。

万が一とは、たとえば俺に何かが起きて戻れなくなったり、火事だの地震だのといった不測の事態が起きて、アッシュレイの肉体が損傷したりすることだ。俺にはアシュレイの肉体がどうしても必要だから、リスクを冒してまで自由になりたいとは思わない。

だからその夜もアシュレイのままで散歩に出かけた。気が向けばアフリカのサバンナでライオンを観察したり、ピラミッドのてっぺんで雄大な夕日を眺めたり、南海の孤島の砂浜で潮風に吹かれたりするのだが、今夜は近所で我慢した。

パジャマにガウンを羽織って寝室を出た俺は、見晴らしのいい場所がいいと考え、自宅の廊下から高層ビルの屋上へと瞬間移動した。途端に強い風に吹かれ、ガウンの裾《すそ》がはたはたと翻る。

眼下には光の海が広がっている。地上二百メートルの高さから見下ろす東京の街は、なかなかのものだ。ニューヨークの摩天楼の夜景には敵《かな》わないにしても、十分美しい。

「こんな時間に呼び出すのはやめろ。俺は明日も仕事だぞ」

屋上のぎりぎりの縁に立って夜景を眺めていたら、隣にアモンが現れた。俺同様パジャマを着ている。ちなみにこのチェック柄のダサいパジャマは、珠樹と色違いのお揃いだ。心底恥ずかしい奴らだ。

「人間みたいなことを言うな。萎《な》えるだろ」

「今は人間として生きている。お前だってそうじゃないか」

違いない。俺は肩をすくめ、「会って話がしたかったんだよ」と率直に打ち明けた。

「だったらうちに来ればいいだろう。どうしてビルの屋上なんだ」

「そういう気分だったとしか言いようがない。……それより、お前の考えが聞きたい。実は達朗のことなんだが、魂から記憶を引き出したようなんだ」

アモンは興味なさそうな顔で、「急に前世でも思い出したのか」と言った。

「いや。俺が消した記憶の一部を思い出した。本人は夢だと思っているがな」

手短に達朗の夢の話をしたら、アモンは怪訝な顔つきになった。

「そんなことができるのか？　聞いたことがないぞ」

「俺だって初めて知った。人間にそんな真似ができるとは驚きだ。そこで思ったんだが、達朗には特別な力があるんじゃないだろうか？」

俺はアモンの横顔を盗み見た。アモンは俺の視線には気づかず、「あるかもな」と頷いた。同意を得た俺は勇気づけられ、思い切って本題に入った。

「ということはだ。もしかしたら、今の人生を終えて次に生まれ変わった時、達朗は俺のこと覚えているかもしれない。そうは思わないか？　現世の記憶を引き出せたなら、次の人生で前世の記憶を引き出せる可能性は高いだろ」

アモンはすぐには答えなかった。焦れた俺が「何か言えよ」と催促すると、やっと口を開いた。

「その可能性については否定しない。だが期待はするな」

無表情だが長いつき合いだからわかる。アモンは今、俺に同情している。

「期待くらいさせろよ」

俺は薄ら笑いを浮かべて言い返した。

「お前のために言っているんだ。達朗の生まれ変わりが来世でお前のことを覚えていたとしても、それはもう達朗ではない。容姿はもちろん性格も考え方も、好きなものも嫌いなものも丸っきり違う別人だ。それに万が一、記憶があったとしても、お前を愛するとは限らない」

そんなことはわかっている。わかっていても希望を持たずにはいられないのだ。

記憶さえあれば、達朗と再び愛し合えるのではないか。今のような幸せな日々を、ふたりでまた送れるのではないか。そんな女々しい望みを、心の支えにしたいのだ。

「それに達朗を探すのは容易ではないぞ。俺の場合は欠片が珠樹の中にあったから見つけ出せたが、なんの目印もない状態で生まれ変わった達朗を探すのは、砂漠の中から一粒の砂を探し出すのにも等しい」

友達思いのアモンが、親切にも俺に追い打ちをかける。それもわかっている。アモンが珠樹を見つけ出すのにどれだけ苦労したかは、俺が一番よく知っている。達朗を探すとなると、俺にはそれ以上の忍耐強さが要求されるだろう。

アモンがネガティブなことばかり言うので、俺は段々と苛々してきた。

「だったらお前はどうなんだ？　珠樹は自分の生まれ変わりを探すなと言ったそうだが、お前は本当に探さずにいるつもりか？　諦《あきら》められるのか？」

矛先が自分に向いてもアモンは顔色ひとつ変えず、「まだ答えは出ていない」と冷静に答えた。

「そうか。だったらゆっくり考えろよ。珠樹が爺《じじい》になってくたばるまで、まだいくらか時間はあるからな」

俺の嫌みに怒りもせず、アモンは真面目な顔で頷いた。

「じゃあな、社長。明日も仕事なのに呼び出して悪かった」

「アシュトレト」

去ろうとしたら後ろから呼び止められ、俺は「なんだよ」と振り返った。

「また気配を感じた。間違いなく教会の周辺をうろついている」

俺は「了解」と答え、手を上げた。

「せいぜい警戒しておくよ」

アモンは俺以上に嗅覚《きゅうかく》が鋭い。ということは、とうとう来るべき時が来たのかもしれない。

## 3

来るべき時は、その二日後に男の姿をしてやって来た。

なんの予定も入っていない午後だった。俺は誰もいない教会でオルガンを弾いていた。音楽は好きだ。聴くのも奏でるのも楽しい。

俺が『主よ、人の望みの喜びよ』を弾き始めた時、ひとりの男が教会に入ってきて、一番前の長椅子に腰かけた。

金持ちそうな白人の男だった。年齢は三十代後半くらい。見るからに高価なスーツが長身の身体に似合っている。男は長い足を優雅に組み、まるで一流音楽家のコンサートに来た観客のように、満足げな表情で俺の演奏に聴き入っている。

弾き終えた俺が手を止めると、男は立ち上がって強く拍手をした。今にも「ブラボー！」と叫びそうな勢いだ。

「実に素晴らしい演奏だった。しみったれた牧師など今すぐやめて、音楽家に転身すべきだよ。きっと成功する」

にやけた顔で近づいてくるハンサムな男を見ながら、俺は「大きなお世話だ」と言い放った。

「ラジエル。何しに来た？」

「おお、怖い。そんな目で見るなよ。興奮してゾクゾクするじゃないか」

ラジエルは俺の顎を指先ですくい上げ、上を向かせた。甘い香水の香りが鼻につく。

「久しぶりの再会だというのに、まったく君はつれないね。百年ぶりくらいかな？」

「さあな、忘れた。それより現れた目的を言え。自分たちのテリトリーに入り込んだ目障りな悪魔を、駆除しにきたのか？」

警戒心をあらわにして尋ねたら、ラジエルは「やれやれ」と溜め息をついた。

「何をそんなに怯《おび》えているんだ？　俺はいつだって君の味方じゃないか。これまでだって何度も助けてあげたのに、まさか忘れたのかい？」

「確かに助けてもらったな。だが逆に窮地に陥れられたこともある。お前は俺以上の気分屋だから、これっぽっちも信用できないんだよ」

ラジエルは自由奔放な天使だ。時には悪魔とも平気でつるむのだから、天使の中では異端といっても差し支えないだろう。

規律を重んじる組織の中で粛清もされずに生き残っているのは、恐ろしく世渡りが上手《うま》いからだ。悪知恵の働くラジエルはありとあらゆる秘密を握っていて、その中には天使を束ねるトップ連中どもの弱味も含まれているらしい。

「そんな悲しいことを言わずに信用してほしいものだな。君が牧師として暮らしていることは、かなり前から知っていたんだ。知っていて誰にも話してないのは、君が俺の大事な友人だからだ」

柔らかな物腰に優しい口調。本性を知らなければ信じるだろうが、ラジエルは生まれながらのペテン師みたいな奴だ。しかも根っからの快楽主義者で、楽しいこと以外には興味がない。

上層部に俺のことを報告しなかったのは、そうしたところで自分が得することはなく、俺に恩を売る方が遥《はる》かに面白いと判断したからだろう。

「その大事な友人に、口止め料として何を要求するつもりだ？　どうせお前のことだ。ただじゃないんだろう」

「ふふ。さすがはアシュトレト。つき合いが長いだけあって、俺のことをよくわかっている」

ラジエルは俺の背後に回り、いやらしい手つきで両肩を撫でた。

「この牧師、気品のある顔立ちをしているな。それに肉体も素晴らしく美しい。そそられる」

色好みのラジエルの言いそうなことだ。俺はラジエルの手を払って立ち上がった。

「断る。俺もこの身体を気に入っているんだ。誰にも触らせる気はない」

「まさか、あのケーキ職人に操を立てているのか？」

すべてお見通しらしい。だったら隠す必要もないので、俺は「そのとおりだ」と答えた。

「俺は達朗を愛している。だから彼以外にこの身体を与える気はない」

「人間の男に本気で惚れたというのか？　アシュトレトともあろう者が嘆かわしい」

ラジエルは大袈裟に頭《かぶり》を振り、悲しそうに俺を見た。相変わらず芝居がかった奴だ。

「しかし、そういう君もたまらなく魅力的だ。ますます欲しくなった」

ラジエルの腕が素早く延びてきて、俺を抱き寄せた。唇が触れそうな距離で見つめ合う。

「離せ。本気で俺とやり合う気か？」

「賢くなれよ。俺がミカエルあたりに告げ口したらどうなる？　あの癇癪《かんしゃく》持ちのことだ。怒り心頭で手下を連れて乗り込んでくるぞ。そうなったら君は逃げるしかない。二度とここには戻ってこられなくなる。君がいなくなったら大事なマリーはどうなる？　達朗はどうなる？」

「いざとなったらふたりを連れて逃げるまでだ」

「君はいいさ。どこでも生きていけるからな。だがマリーや達朗には、ここでの暮らしがある。彼らから幸せな日常を奪う権利が、君にあるのか？」

痛いところを突かれた。腹立たしいがラジエルの言うことには一理ある。ふたりから今の生活を奪う権利は俺にない。

「難しく考えるなよ。俺を一度だけ楽しませてくれればいいんだ。そしたら二度とここには来ないし、君が牧師として暮らしていることも他言しない。悪い取り引きじゃないだろう？」

確かに悪い取り引きではない。ラジエルはずる賢いが約束は守る。

「……わかった。一度だけなら応じよう。だが、ここではまずい。違う場所で――」

「ここがいい。ここでなければ駄目だ」

断固とした口調だった。そのこだわりが理解できすぎて、そんな自分にうんざりした。

教会の中で、牧師に扮《ふん》した悪魔が天使に犯される。いかにもラジエルの好きそうなシチュエーションだ。俺も他人事ならおおいに面白がっただろう。

「安心しろ。誰も入ってこないようにしておくから」

ラジエルは俺に近づき、いやらしい手つきで背広の胸を撫で下ろした。

「しかし、どうせならカトリックの神父がよかったな。神父の服装は禁欲的で好きなんだ」

「お前の趣味なんて知るか。さっさとやれ」

「そんなにつれなくするなよ。昔から何度も楽しんできた仲じゃないか」

ククククと喉を鳴らして笑い、ラジエルがローマンカラーのシャツのボタンを外してくる。俺は乾ききった気持ちで、器用に動くラジエルの指を眺めた。

　裸で聖壇に立つ俺は、露出狂の変態牧師そのものだ。

　しかも十字架の下で後ろから男に犯されているのだから、背徳的変態プレイを楽しんでいると疑われても、言い訳のしようがない。

　俺はラジエルに抱かれながら、気の乗らないセックスほどつまらないものはないと考えていた。不毛だし恐ろしく退屈だ。

「アシュトレト。少しは俺を楽しませてくれよ。お人形になった君なんてつまらない」

　そんなの知るかと答えようとしたが、ラジエルに耳朶《じだ》を強く嚙まれ、痛みに言葉を吞《の》み込んだ。

「満足させられなかったら、一度で終わらないぞ。また来ることになる。それでもいいのか？」

　笑いを含んだ声に神経が逆なでされる。

「演技しろっていうなら、いくらでもしてやる。だから二度と来るな」

「演技は好きじゃないな。そんな真似をされるくらいなら、俺がよくしてやる。君は素直に反応してくれればそれでいい」

　身体が急に熱くなってきた。動悸《どうき》も速まり息まで乱れてくる。さらに埋め込まれたラジエルの性器の存在感がぐんと増したように感じられ、俺は舌打ちした。

「やめろ。神経を弄るな」

「嫌だね。思いきり乱れるまで許さない。だが君は力を使うなよ。使って俺に対抗したら――」

「一度で終わらない、だろう？　わかった。俺は何もしないからさっさと終わらせろ」

言い争うだけ時間の無駄だ。身体の内側を好き勝手にされるのは最高に面白くないが、早く終わらせたい一心で、俺はラジエルの要求に従うことにした。

好きにしろとばかりに身体の力を抜き、壁に額を押し当てる。さっきまで何も感じなかったのに、ラジエルのペニスが動くたび、そこからゾクゾクするような快感が駆け上がってくる。脳の快楽中枢を刺激されたせいだ。

「どうだ？　よくなってきただろう？」

俺のうなじを愛撫しながら、ラジエルが淫猥《いんわい》に腰を蠢《うごめ》かせる。ゆるゆると中を抉《えぐ》られる甘い感覚に俺は唇を噛んだ。だが、こらえきれず声が漏れてしまう。

「ん……あぁ……」

「いい声だ。もっと聞かせてくれ」

熱い肉棒で掻《か》き回された後孔《こうこう》から、グチュグチュといやらしい音が響く。まるで蜜壺《みつつぼ》状態だ。中に何か仕込まれたらしい。媚薬《びやく》の類《たぐ》いだろうが中が焼けつくように熱い。もっと強く擦《こす》られたくて、たまらなくなる。

「……やめろ、ラジエル。俺は感じたくないんだ」

「そう言われると、もっと感じさせたくなる。ほら、こんなのはどうだ？」

両手で俺の腰を摑んで固定し、さっきより大胆な動きで突き上げてくる。痺れるような強い快感に脳を犯され、俺は声にならない叫びを上げて仰《の》け反った。そんな俺を追い詰めるかのように、ラジエルが容赦ない抽挿を開始する。

「あっ、く……ん、はぁ……っ」

嫌だと思っていても肉体は快感を貪欲に求め、勝手に腰が動き始める。ラジエルのペニスをもっと奥まで咥《くわ》え込もうとする。

自分の意志に反して乱れていく身体が悲しかった。この身体は達朗のものなのに。達朗以外に抱かせたくなどないのに。

「はぁ……あ……っ、もう、やめてくれ……」

壁に額を押し当てて懇願した。だが言葉とは裏腹に、俺の腰はラジエルのものを呑み込んだまま、気持ち良さそうに揺れていた。片時も離したくないというように、それを強く締めつけている。

「君の身体はやめるなと言ってるぞ。すごく気持ちいい、もっと犯して、もっといやらしいことをして、と全身で叫んでいる。ほら、前だって涎《よだれ》を垂らしているじゃないか」

ラジエルがからかうような手つきで、俺の張り詰めたペニスを撫でてくる。ラジエルの言葉どおり先端からは透明の雫《しずく》が漏れ、糸を引いて床へと垂れていた。

「嫌がる君を抱くのは楽しいな。すごく新鮮な気分だよ。まるでバージンを相手にしているみたいで興奮する」

今にも暴発しそうな俺のペニスの根元をきつく握り締め、ラジエルが楽しげに囁く。

「もう、達かせてくれ……。苦しい……」

「まだだよ」

ラジエルは俺の欲望を堰《せ》き止めたままで散々犯し、言葉でひどく辱め、身も蓋《ふた》もないほど懇願させ、たっぷり楽しんでから「達きたいか？」と尋ねた。

「達きたい……。もうこれ以上は無理だ……」

息も絶え絶えに訴える。ラジエルは王さまのように「わかった。では達かせてやろう」と頷いた。

「だが俺のほうが先だ。この可愛い尻《しり》に、俺のものをたっぷり注ぎ込んでやる。嬉しいだろう？」

早く終わらせたい一心で、俺は「嬉しい……」と答えていた。

「早く、お前のを、俺の中に……」

ラジエルは「いい子だ」と囁き、猛然と腰を使いだした。そして射精した直後、握っていた俺のペニスから手を離した。

「ああ……っ」

限界まで張り詰めていたペニスは勝手に弾けた。身体がびくびくと震え、頭が真っ白になるような激しい快感に包まれる。

終わった途端、波が引いていくように、興奮も快感も一気に消え去った。なんの満足感もありはしない。耳もとで満足げな吐息が聞こえ、ようやくラジエルが俺の中から出ていった。

「素敵だったよ。おおいに満足した。約束は守ろう」

当然だと思いながら、俺は壁に飛び散った白濁をぼんやりと眺めていた。ラジエルに好き勝手されて胸くそ悪いが、これで当分は平穏に暮らせるだろう。

疲れ果てた気分で床に落ちた服を拾おうとした時、右手から物音がした。音のしたほうを見て、俺は愕然《がくぜん》とした。

そこにいたのは達朗だったのだ。聖壇の脇にあるドアを開けて、俺を見ている。足もとには色とりどりの花が散らばっていた。

瞬時に理解した。達朗は午後のこの時間帯は店番をパートの女性に任せて、銀行に行くなど雑用をこなすことが多い。客にもらった花を外出したついでに持ち帰ったのだ。教会に飾る花があれば、きっと俺が喜ぶと思って。

「どうして……」

達朗が発したのは、絞り出したような重い声だった。悲しみと怒りを宿したその眼差《まなざ》しが、俺を息苦しくさせる。

「達朗、違うんだ。これは違うから。君が思うようなことじゃない」

言い訳しながら、この状況を嘲笑《あざわら》う自分がいた。何が違うというんだ。神聖なる教会で男とやっていたのは、紛れもない事実だ。

「おやおや。とんでもないところを見られてしまったね。彼は君の恋人だろう？」

ラジエルは白々しい声を出し、俺の背広を拾い上げて肩にかけた。

「残念だが、この状況では弁解のしようもないね」

背後から耳もとで囁いたあと、ラジエルは見せつけるように俺の頬にキスをした。達朗は顔を背けていなくなった。裏口へと続く廊下を走り去っていく、悲しい足音だけが聞こえる。

俺の肩を抱いたラジエルが、愉快そうに笑いだした。

「見たか？　真っ青になって今にも死にそうな顔だったな。いや、面白いものが見られたよ。有意義な時間だった」

ラジエルのことだ。達朗が教会に入ってきたのに気づいていながら行為を続けたのだろう。いや、もしかしたら、こうなるように仕組んだのかもしれない。それくらいは平気でする奴だ。

俺はラジエルの手を振り払い、無言で服を着た。それから床に散らばっている花を拾い上げた。

チューリップ。スイートピー。アネモネ――。

一本だけ達朗の足に踏みつぶされたチューリップがあった。拾ってみたが、花びらは無惨にもはらりと崩れ落ちた。

まるで俺に傷つけられた達朗の心のようだと思ったら、なぜか笑いが漏れた。

「何が可笑しい？」

「何もかもだよ。何もかも笑える。最高の茶番だ」

笑い続ける俺を見て、ラジエルは眉をひそめた。

「もしかしなくても、君は落ち込んでいるのかな？　彼に見られたくらいで？」

ラジエルが嘘だろうと言いたげに頭を振った。

「お楽しみは終わったんだ。あとは君の好きにすればいい。すぐに彼の記憶を消してしまえば、何事もなかったように、もとどおりじゃないか」

俺の決意も知らず、気楽なことを言ってくれる。俺は達朗の記憶を二度と消さないと決めたのだ。

何があっても絶対にだ。

「お前には関係のない話だ。もう用は済んだはずだ。帰れ」

ラジエルは俺の手から一本のアネモネを抜き取り、ウインクして忽然《こつぜん》と消えた。

仕事が終わる時間になっても達朗は帰ってこなかった。

マリーを寝かしつけたあと、俺はリビングのテーブルに座り達朗の帰りを待った。そのうち強い風が吹き始めた。時々、窓がガタガタと揺れる。

俺はひたすら待ち続けた。もちろん探しだすことはできたが、達朗が自分の意志でここに帰ってきてくれるのを待ちたかった。いや、待つべきだと思った。

深夜を少し回った頃、達朗はやっと帰宅した。出迎えた俺を無視して、達朗は階段のほうに足を向けた。吐く息からは酒の匂《にお》いがした。足取りもどこか覚束《おぼつか》ない。強くもないのに無理して飲んできたのかと思うと、ひどくやるせなくなった。

「待ってくれ、達朗。話がしたい」

達朗は振り返らずに、「俺は話したくありません」と答えた。

「頼むからリビングに来てくれ」

懇願すると達朗は少しの間、迷うように動かなかったが、やがて渋々という態度で頷いた。階段の前で言い合っていたら、マリーを起こしてしまうと思ったのだろう。

達朗は億劫《おっくう》そうにソファーに腰を下ろした。俺が淹《い》れたお茶には手を出そうともしない。

「……あの男は誰ですか」

長い沈黙を破って呟いた声には抑揚がなかった。必死で感情を押さえつけているのがわかる。

「昔の知り合いだ。今日、久しぶりに会った」

「知り合い？　あなたは知り合い程度の相手と、再会してすぐにセックスするんですか？　そんなのおかしい」

きつい口調で言い放ったあと、達朗はすぐに傷ついたような顔つきになった。俺を責める自分が嫌なのだろう。優しすぎる男は、自分が吐いた正論にさえ胸を痛める。

「恋人だったのなら、そうはっきり言ってほしい」

「本当に恋人じゃないんだ。でも過去に彼と何度か関係を持ったのは事実だ。妻と出会ってからは変わったが、昔の俺はそういうだらしない男だった」

心の中で、君に出会って俺は変わったんだと言い換える。

「彼に対して恋愛感情はいっさいない。それは断言する」

「余計にわかりません。そんな相手となぜなんです？　神聖な教会であんな真似をするなんて、あなたらしくない」

「魔が差したとしか言いようがない。彼が突然訪ねてきて、俺をしつこく誘惑した。話をしているうち、段々と昔の奔放だった自分を思い出して懐かしくなった。うっかりその気になって止まらなくなった。それだけの話だ」

話をつくるのは簡単だ。脅されたとか卑怯《ひきょう》な手段で行為を強要されたとか、いくらでも誤魔化すことはできる。そのほうが達朗の気持ちも救われるだろう。だが嘘をつくことで自分を被害者の立場に見せかけるのは嫌だった。どうしても嫌だった。

俺は被害者などではない。詐欺師みたいなものだ。今の暮らし自体、達朗とマリーを騙《だま》した上で成り立っているのだから、それを守るための行いはなんであれ利己的なのだ。だからラジエルに脅されて関係を持ったとしても、自分は悪くないと訴えることだけはしたくなかった。

くだらない自己満足だとわかっているが、達朗が怒るならその怒りを受け止め、責めるなら何度でも謝りたかった。

「それだけ？　それだけってなんですか？」

たいしたことではないと言いたげな俺の態度が、達朗の怒りを刺激したのだろう。達朗は厳しい顔で聞き返した。

「あなたは俺を裏切ったんですよ。俺はすごく傷つきました。俺を愛しているという言葉は嘘だったのかと思って、死にたくなるほど傷ついたんです。なのに、それだけって」

「言い方が悪かったなら謝る。でも嘘じゃない。事実だ。君を愛してる。心の底から愛している」

達朗は聞きたくないというように、強く頭を振った。

「俺を愛していても、あんなふうに他の男に抱かれるんですか？　俺はあなたのことがわからなくなった。俺が知っているあなたは、ほんの一部でしかなかったってことですか」

悄然《しょうぜん》とする達朗に、なんて言えばいいのかわからなかった。

そのとおりだからだ。達朗は俺の真実の姿を知らない。達朗が愛しているのは偽りの俺。偽者の俺。できることなら、すべてを打ち明けたかった。自分の正体も、本物のアシュレイがもう死んでしまっているということも、洗いざらい打ち明けてしまいたい。

そのうえで愛していると言ってもらえたら、ずっと一緒にいたいと言われたら、どんなに幸せだろう。だがそれは夢だ。そんなハッピーエンドは、マリーの好きなお伽噺《とぎばなし》の中にしか存在しない。

「……そうだな。君の言うとおりだ。俺は都合のいい部分しか君に見せてこなかった。だから君は俺のすべてを知らない。そのことで君が裏切られたと感じるなら、俺はひたすら謝るしかない。本当に申し訳なかった。心から謝るから、どうか俺を許してほしい」

俺はその場に膝《ひざ》をついて許しを請うた。俺が謝ることで達朗の気持ちが少しでも楽になるのなら、何度だって謝るつもりだった。

「やめてください。あなたのそんな姿は見たくない」

達朗は目をそらして立ち上がった。が、すぐに視線を戻し、驚愕の表情を浮かべた。理由はすぐにわかった。

突然、背後に出現した強い気配。俺は怒りに震えそうになった。

「……どういうつもりだ、ラジエル」

殺気を漲《みなぎ》らせて振り返ると、ラジエルが「怒るなよ」と両手を挙げた。

「ルール違反なのはわかっているが緊急事態だ。もうすぐミカエルがここに来る。今すぐ逃げろ」

とんでもないことを言いだしたラジエルに、俺はぽかんとなった。

「どういうことだっ？　俺はそうならないように、嫌々、お前とやったっていうのに――」

「わかってる。君の言い分はもっともだ。だが俺だって知らなかったんだ。ミカエルは俺に監視をつけていたらしい。それで君のこともばれた」

舌打ちしたくなった。最悪だ。この疫病神め。

「ミカエルは怒り心頭だ。ガブリエルが宥《なだ》めているが、多分、抑えきれないだろう」

武闘派のミカエルと違って、ガブリエルは争いごとを望まない。組織の中でのふたりの力関係は同等だから、上手くいけばガブリエルが説得するかもしれない。だがミカエルは俺を嫌っている。俺たちには確執があるのだ。

「俺はもう消えるぞ。君も早く逃げろ」

自分の義務は果たしたとばかりに、言い終えた瞬間、ラジエルは消えた。

「ア、アシュレイ、どうなっているんですか……？　俺は夢を見ているんでしょうか」

目の前で起きたことが信じられないのか、達朗は呆然としている。人が忽然と出現したり消えたりすれば、正気を疑いたくもなるだろう。

俺は達朗を見ながら迷っていた。ラジエルの忠告どおり、一刻も早く逃げなければいけない。ミカエルは牧師のふりをして生きる俺を許さないだろう。あの石頭の頑固者は洒落《しゃれ》が通じる相手ではない。今頃、さぞかし怒り狂っているに違いない。

天使の中で最強のミカエルとまともに戦えば、無傷では済まない。下手したら俺は力を大きく失ってしまい、最悪の場合はアシュレイの身体を維持しきれなくなる。

逃げるのが最善だとわかっているが、ここから離れればミカエルが手下を貼《は》りつけ、俺は二度と戻ってこられなくなるかもしれない。そうしたらマリーにも達朗にも会えなくなる。

それだけは絶対に嫌だ。

達朗とマリーを一緒に連れて逃げる。逃げて別の土地でひっそりと暮らす。俺にとってはそれが一番いい選択だ。しかしふたりにとっては最悪の選択だろう。突然、自分の生活を奪われるのだ。マリーは今の小学校に通えなくなり、達朗は大事な店を失うことになる。

どうすればいい。俺はどうすればいいんだ――。

時間にすればほんの一瞬だったが、迷ったせいで俺は逃げ時を失った。気がついた時には、もう手遅れだった。

建物全体に恐ろしく強大な結界が張り巡らされたのを感じ取った俺が、しまったと臍《ほぞ》を噛んだ瞬間、目の前にひとりの青年が現れた。

黒いロングコートを羽織った青年は、鋭い目で俺をにらんでいる。すらっとした身体つき。白髪に近い金髪。美形だが厳しい表情のせいで、冷たさしか感じない。

初めて見る顔だが、ひと目でミカエルだとわかった。

「驚いたな。人の身体に入っているのか。お前らしくないじゃないか、ミカエル」

「人の子と話をするには人の子の器が必要だ。……アシュトレト。お前に心底失望した。この怒りを言葉でどう言い表していいのかわからない。よりによって神の従順なる僕《しもべ》の肉体に入り込むとは、許しがたい冒瀆《ぼうとく》だ」

「悪魔の分際で、か？　そんな悲しい差別発言をするなよ。昔は友人だったのに」

ミカエルの目つきがさらに険しくなる。挑発してどうなるわけでもないが、嫌みのひとつでも言わずにはいられなかった。ミカエルはその昔、俺のことを慕っていたのだ。

人間の定めた時代で言うなら旧石器時代の終わり頃まで、ミカエルは俺を我が友と呼び、なんでも相談してくる可愛い奴だった。楽観的な俺とは対照的に、もともと物事を深く突き詰めていく傾向があったが、ある時期から段々と気難しくなり、いつの間にか変な一派とつき合うようになった。

その一派はこの世界を創造したのは神であり、神こそが我らの父なのだと言い張り、仲間を集めて群れている奇妙な連中だった。やがて人間が知能を発達させてくると、彼らはまるでペットを躾《しつ》けるがごとく、うるさく干渉するようになった。

ミカエルがその組織に入るようあまりにも強く誘ってきたので、俺も一度は応じた。しかし見たこともない神とやらを崇めるのは馬鹿馬鹿しいし、規律だの決まり事などを押しつけられるのも胸くそが悪く、俺はすぐ嫌になって組織を抜けた。

ミカエルは俺を裏切り者と罵《ののし》り、堕落した汚れた存在として忌み嫌うようになった。やがて下っ端だったミカエルはめきめきと頭角を現し、今ではトップの座に君臨している。華々しい大出世だ。

「友人だった覚えはない。お前の勘違いだろう」

顔色ひとつ変えずに俺の存在を切って捨てるミカエルは、冷徹そのものだった。すっかり可愛げがなくなっている。温情に縋《すが》る作戦はまったく通じなさそうだ。

「その牧師の身体から出ていけ。不愉快きわまりない」

「断る。俺が出たらこの身体は、すぐに死んでしまう」

「アシュレイ・エイミスならとっくに死んでいるではないか。アシュレイの肉体を、お前が勝手に利用しているだけだろう。……そこの男。達朗といったか」

「え……？」

突然、名前を呼ばれた達朗は、うろたえながら俺とミカエルを交互に見た。何が起きているのか理解できず、激しく混乱している。

「お前は騙されている。ここにいるのはアシュレイではない。本物のアシュレイは死んだ。雨の夜に、お前が車で轢き殺したのだ」

達朗は顔色を変えた。自分が見る夢の内容を言い当てられて驚いている。

俺は咄嗟にミカエルの口を封じようとしたが、まったく力が使えず、言葉を遮ることができなかった。ミカエルは勝ち誇ったような目で俺を一瞥《いちべつ》して、喋り続けた。

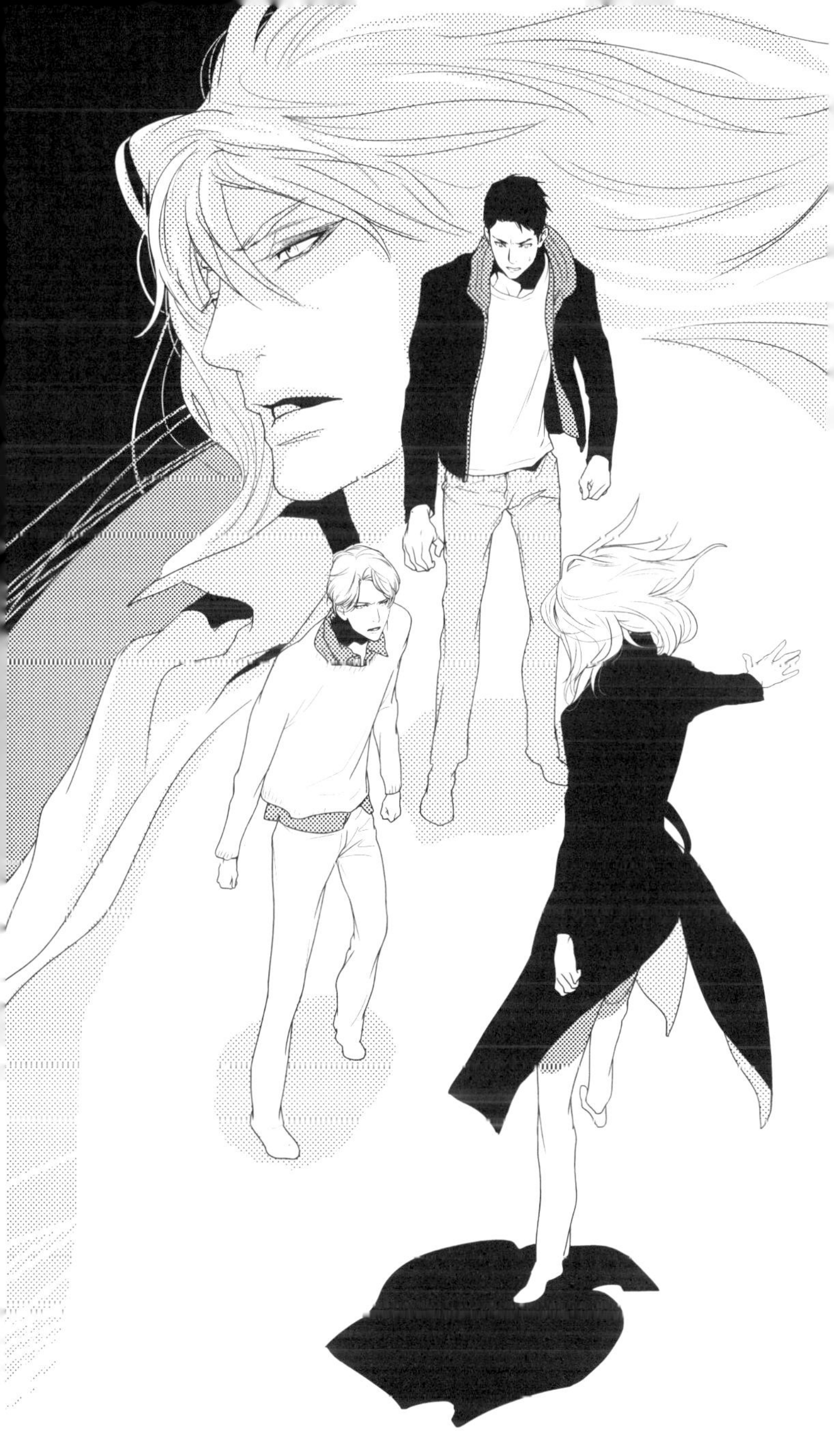

「アシュレイの魂が天に召されたのと同時に、アシュトレトという悪魔がその肉体に入り込んだ。この者はアシュレイのふりをしてお前を誘惑したのだ。お前も娘のマリーも騙されている」

「あ、悪魔……？」

いきなりそんな話をされてもすぐに理解できないのだろう。達朗はただ困惑している。

「神の僕の身体を利用して汚し、さらには教会という聖なる場所まで冒瀆した罪深き悪魔に、私は罰を与えに来た。まずはこの身体から悪魔を追い払う」

ミカエルの目が白く光った。途端に全身が硬直して、身体の自由が効かなくなった。呼吸も苦しくなり、俺はまるで発作を起こした病人のように、その場に倒れた。

「く……っ」

「アシュレイ……っ」

達朗が慌てて駆け寄り、床に倒れた俺を抱きかかえた。

「力はまったく使えないだろう？　百の天使がこの家を取り囲んでいるからな。この強力な結界の中にいる限り、お前は赤子のように無力だ。だから無駄な抵抗はやめて、さっさとその身体から出ていくがいい」

「……嫌だ、俺は……俺には、この身体が、必要なんだ……どうしても……っ」

肉体から引き剝がされようとする俺自身を、必死で中に留《とど》めようとして抵抗した。だが圧倒的な力の前に、なす術もない。

「おい、この人に何をした！」

達朗が猛然と立ち上がって叫んだ。何が起きているのか理解できずにいる達朗だが、俺を苦しめている相手だけは察したのだろう。血相を変えてミカエルに詰め寄っていく。

「あんたは何者なんだっ？　アシュレイを苦しめるな！　今すぐやめるんだっ」

ミカエルに摑みかかった達朗だったが、手がコートに触れた瞬間、爆風で吹き飛ばされたように壁へと叩きつけられた。

「う……っ」

背中と頭を強く打った達朗が、顔を歪《ゆが》めて床に膝をつく。

「愚かな人間め。この者は偽者のアシュレイだと言っているのに、まだわからないのか」

「……ミカエル、やめろ……。達朗には、何もするな……、頼む。彼は、罪のない人間だ……」

俺の懇願を聞いたミカエルは、「そうだな」と頷いた。

「確かに彼は悪くない。救いようのない愚かな男だが、お前に騙された被害者なのはわかっている。だから彼には危害を加えない。お前にだけ罰を与えよう。お前はこれからアシュレイの肉体から引き剝がされ、天の牢獄《ろうごく》に幽閉される」

俺は「駄目だ」と頭を振った。

「それだけは、勘弁してくれ。俺がこの身体を離れたら、マリーと達朗を悲しませることになる。ふたりは、心からアシュレイを必要としているんだ。だから、それだけは……っ」

「ならぬ。確かにふたりには気の毒だが、お前に騙されているより、ずっとましだ。……アシュトレト。これは神罰だ。甘んじて裁きを受け入れろ」

ミカエルが右手をスッと持ち上げた。同時に全身が眩《まぶ》しく発光し、部屋中が白い光で覆われる。

「ああ……っ」

生きながら心臓を摑み出されるような激痛に襲われ、苦悶《くもん》の声が漏れた。アシュレイの肉体から、俺がじわじわと引き剝がされていく。

駄目だ。もうもたない。

「……達朗、たつ、ろ……」

俺は薄れゆく意識の中で最後の力を振り絞り、達朗に向かって手を伸ばした。

「アシュレイ……」

ここに来てくれという願いが通じたのか、達朗が頭をふらつかせながら、這《は》って俺のほうに来ようとする。

もう少し。あとほんの少しで、達朗の手が俺の手に届く。

だが間に合わなかった。真っ白な光の中で、俺は意識を失った。せめて最後に達朗の温《ぬく》もりに触れたいというささやかな願いは、叶《かな》えられることはなかった。

4

闇《やみ》の中に俺は浮かんでいた。いっさいの光も音も届かない、濃縮された真の闇だ。

この漆黒の闇の中に閉じ込められて、どれだけの時間が過ぎたのかわからない。まだほんの数時間のような気もするし、もう何日もいるような気もする。肉体を失えば時間の概念は希薄になる。というより失われていく。

俺は出口のない闇の檻《おり》の中で、どうにか脱出できないかと何度も足掻いた。だが、力はまったく使えない。今の俺はまるでブラックホールに吸い込まれた光のようだった。自ら輝くこともできず、ただ無為に闇の中を漂うだけの、思考する非力なエネルギー体。

あれから達朗はどうなったのか。そればかりが気になって仕方がなかった。

アシュレイの肉体は活動を停止したはずだから、達朗は俺が死んだと思っているだろう。もしかしたら今頃、葬儀でも行われているかもしれない。マリーの泣きじゃくる顔が浮かんでくるようだった。

可哀想なマリー。可哀想な達朗。そして可哀想な俺。

俺は何度もミカエルに呼びかけた。だがミカエルは一度として俺の前に姿を現さなかった。俺は闇の中で達朗を想《おも》い、マリーを想った。

恐ろしく長い時間が流れた。もしかしたら俺がそう感じただけかもしれない。だが時間は確実に過ぎているはずだ。

父親を失ったマリーはどうなったのだろう。責任感の強い達朗のことだから、マリーを育ててくれていると思いたいが、それは俺の勝手な期待だ。浮気現場を目の当たりにした直後に、恋人が死んだのだ。その恋人の子供を育てろというのは、酷な話ではないか。

ふたりはどうしているのだろう。会いたい。達朗とマリーに会いたくてたまらない。

叶わない願いを抱えながら、俺は記憶の海に自分を浮かべて、ひたすら追想に耽《ふけ》った。マリーのすべすべの頬。愛らしい鼻。花びらのような唇。俺を呼ぶ可愛い声。小さな手。

存分に思い出したら、次は達朗に会いに行く。俺に微笑みかける眼差し。大きな手のひら。俺を抱き締める腕。広い胸。何度も触れたくなる硬い髪。舌の上で甘いキャンディーを転がすように、嬉しそうにアシュレイと呼びかける優しい声――。

会いたい。触れたい。そして触れてほしい。

だが、それはもうできないのだ。俺は帰るべき肉体を失った。そしてここから出られない。唯一、俺に与えられたものがあるとすれば、それは果てのない悲しみと絶望だけだった。

さらに長い時間が過ぎた。

俺はいつしか、考えることを放棄するようになっていた。絶望というものは、考えれば考えるほど深まっていくことに気づいたからだ。

思考を停止させ、漠然とした意識だけを細々と稼働させている状態でいると、極めて無に近づいていくらしい。初めて知る自分が薄れていくような感覚に、俺はなるほどと理解した。

俺たち種族の中には、自然の中にとけ込んで生きる連中もいる。人間からは精霊だのと呼ばれる奴らだ。話しかけてもろくに反応がなかったりするので、俺は連中を呆《ほう》けた変わり者だと思っていた。

しかし自分が呆けてみてわかった。あれこれ考えなくなる分、非常に楽なのだ。弛緩《しかん》させた意識でゆらゆらと浮かんでいるのは心地いい。海を漂うクラゲになった気分だ。

もちろんそれは逃げだった。達朗とマリーのことを考えている限り、俺は絶望に苛《さいな》まれ続ける。その苦しさから逃れたくても、人間のように自殺することはできないし狂うこともできない。だから俺は思考を捨て、漂うクラゲになった。

クラゲになってどれくらいが過ぎたのかわからないが、俺は自分が何者だったのか、はっきりと思い出せなくなっていた。思考を放棄するとそうなるらしい。どうりで精霊になった連中は、あんなにもぼんやりしているわけだ。

このままここから出られないのなら、俺が俺であることをきれいさっぱり忘れ去るのも、いっそいいのではないかと本気で思った。

これだけ時間が過ぎれば、達朗とマリーはとっくに死んでしまっているだろう。今頃は転生を果たし、それぞれ別の人間として暮らしているかもしれない。

もう会えない。もうふたりは俺の手の届かない場所に行ってしまった。

だったら忘れるべきだと思った。

忘却は時に大きな救いだ。

そして本当に何もかもを忘れてしまった頃、それが現れた。

最初、闇の中に忽然と現れた白い光の玉を見て、俺はなんだろうと不思議に思った。泥のように鈍った思考で、とてもきれいな光だと呑気《のんき》に喜んだくらいだ。

《アシュトレト》

そんな状態だったから、最初は呼びかけてくる声が誰のものなのか、まったくわからなかった。それどころか、その声が誰の名前を呼んでいるのかさえ理解できずにいた。

《アシュトレト。だらしなく意識を拡散させるのをやめて集中しろ。私の話を聞け》

偉そうな物言いに聞き覚えがあった。静かな湖面に石が投じられたように、俺の穏やかだった意識がざわざわと波立ってくる。

《……誰だ？》

《ミカエルだ。私がお前をこの闇の牢獄に閉じ込めた》

アシュトレト。ミカエル。

聞き覚えのある名前だと思ったら、まるで錆《さ》びついた古い機械に油が差されたように、停止させていた思考がギシギシと軋《きし》みながら動きだした。

そうだ。そうだった。俺の名はアシュトレト。

あるいはアシュテレト。またはアスタルトでありアースティルティト。ある時代ではアスタルテーと呼ばれ、ある場所ではアステロトだった。アフロディーテと呼ばれたこともあれば、今なおアスタロトと呼ぶ者もいる。
俺はすべてを思い出した。なぜ閉じ込められたのかも、なぜすべてを忘れようとしたのかも。
《何しに来た。腑抜《ふぬ》けになった俺を嘲笑うためか？》
《くだらないことを言うな。私はそんなに暇ではない。お前を解放しに来たのだ》
その知らせに喜ぶよりも、俺はまず疑った。
《なぜだ。なぜ俺を解放する？》
《私はこのまま幽閉し続けても構わないと思っている。どうせお前のことだ。解き放てばまた罪を犯すだろうからな。だがガブリエルが、もう十分だと言いだした。あまりにうるさく言うので根負けした。お前のことでガブリエルと対立するのは、あまりにも馬鹿馬鹿しい。だからお前を解放する。お前はもう自由だ》
自由――。待ち侘びた言葉のはずなのに、まったく嬉しくなかった。それどころか億劫で気が滅入《めい》る。考えることを放棄した俺にとって、自由は再び考えることを強いられる憂鬱《ゆううつ》な状態にほかならなかった。
解放されたところで、俺はどこに帰ればいい？　会いたい者はもういないのに、今さら自由になっても孤独が深まるだけではないか。
もう何もいらない。何も欲しくない。俺はこのまま、この深い闇の中でひっそりと消えていきたい。
それが今の正直な気持ちだった。
《俺に拒否権はないのか》
《何？》

《自由などいらない。俺のことは放《ほう》っておいてくれないか》
ミカエルは何も言わない。納得してくれたのかと思いきや、まるで俺の言い分を拒絶するかのように光の玉が強く輝きだした。どんどん大きくなっていく光に、闇が吹き飛ばされていく。
《ミカエル……？》
《お前に見せたいものがある》
《見せたいもの？　それはなんだ？》
ミカエルは答えない。圧倒的な光の中にすべてが埋没していく。意識の隅々まで光に犯されるような嫌な感覚がした次の瞬間、奇妙なことが起きていた。
俺は自分の足で地面に立っていたのだ。場所は昼下がりの閑静な住宅街の、細い曲がり角だった。
「これは、どういうことだ……？」
俺は男の身体に入っているが、誰なのかまったくわからない。カーブミラーに映った姿を見たが、まったく見覚えのない男だ。
年は四十代前後。地味な風貌《ふうぼう》の冴《さ》えない男で、スーツを着ているがネクタイはしておらず、だらしない印象を受ける。靴も安物だから、きっと貧乏人だろう。
男の記憶をサーチしようとしたが、どういうわけかまったく侵入できなかった。
「――俺が用意した器だ。ひとまずそれで我慢しろ」
白いコートを着た、見知らぬ白人の姿をしたミカエルが隣に立っていた。ミカエルがすっと腕を上げて、「あれを見ろ」と前方を指さした。
「庭に彼がいる」

「彼？」

ミカエルの示す方向に顔を向けた俺は、あり得ない光景を目にして大きく息を吸い込んだ。

俺がいた。いや、正しくはアシュレイ・エイミスがいたのだ。

自宅の庭に立ったアシュレイが、薔薇に水を与えていた。きれいに咲き誇る薔薇たちを、愛おしそうに眺めている。

自分がどこにいるのかやっと理解した。ここは教会の裏手にあるアシュレイの自宅の前だ。

「彼は誰だ？　過去の俺か？」

「いや。あれはお前ではない。今現在、生きている、本物のアシュレイ・エイミスだ」

まるで意味がわからない。アシュレイは死んでしまったのに、どういうことだ？

ミカエルは俺が質問する前に、疑問に答えた。

「私が彼を生き返らせた」

こともなげにミカエルが言ってのける。啞然《あぜん》となった。

「生き返らせた……？」

「私の慈悲だ。お前をアシュレイの肉体から引き剝がした時、確かに幼い娘から父を奪うのは可哀相だと思った。そこで俺はアシュレイの魂を霊界から呼び寄せ、お前と入れ替わりで肉体に戻してやったのだ」

まさかの展開に驚きすぎて、すぐには言葉が出なかった。俺にはできないが、ミカエルは霊界にいる魂とコンタクトが取れるらしい。そんなことは初耳だ。

「アシュレイはまだ転生していなかったのか？」

「そうだ。彼は敬虔なクリスチャンだから転生を拒否し、霊界に留まっていた。私が天使ミカエルだと名乗ったうえで、元の人生に戻してやると言ったら喜んで受け入れた。お前が彼の肉体を丁寧に維持していたから、なんの問題もなくスムーズに魂を戻すことができたぞ」

アシュレイは生き返っていた――。

その事実がどういう意味を持つのか、俺はぼんやりと察し始めていた。ミカエルのことだから、すべてにおいて抜かりはないはずだ。

「……俺はどれくらい幽閉されていたんだ？」

「闇の牢獄では時間が止まったような状態になる。だからお前には恐ろしく長い時間に感じられただろうが、実際は人間の定めた時間で言うなら五年ほどだ」

たったの五年。肩すかしを食らった気分だった。

「達朗はどうした？　今はもうこの家で暮らしていないのか？」

「自分で確かめてくるがいい。言い忘れたが、お前の力はまだ封印してある。ここに戻ってきたら解いてやろう」

ミカエルが消えた。あとは勝手にしろということらしい。

# 5

俺はためらいながら足を進め、開いた門の脇に立った。

日差しがあふれる庭にアシュレイが立っている。白いシャツが目に眩しく、光をまとって輝いているように見える。彼こそが真の天使のようだ。

俺に気づいたアシュレイが水やりの手を止め、笑顔で近づいてきた。その顔は以前より少しだけ老けて感じられた。四十歳なら当然か。

「こんにちは。何かご用ですか？」

「……こんにちは。田中《たなか》といいますが、マイケルさんはいらっしゃいますか」

アシュレイの表情が柔らかく曇る。俺が口にしたのはアシュレイの義父、つまり亡き妻の父親の名前だった。

「マイケルは十三年前に亡くなりました」

俺はショックを受けたような表情をつくり、「本当ですか？」と聞き返した。

「はい。癌《がん》でした。私は彼の義理の息子でアシュレイといいます。今は私がここの教会の牧師をしています。失礼ですが、マイケルとはどういったご関係で？」

「昔、この近所に住んでいたんです。信者ではありませんでしたが、マイケルさんには時々、悩み事の相談に乗ってもらっていました。久しぶりにこの辺に来たので、お顔を拝見できればと思って寄らせていただいたんですが……。そうですか。本当に残念です」

気落ちした態度で呟いた俺に、アシュレイが何か言いかけた時だった。

「パパ！　大変っ」

背後から聞こえた少女の声に、俺はハッとなった。

「ココアがクッションを噛んで破っちゃったのっ」

玄関から駆けてきた少女は俺の脇を抜け、一直線にアシュレイの目の前に行き、「ほらっ」とボロボロに破けたクッションを突きつけた。

「ああ、これはひどいね。まったくココアの悪戯《いたずら》はエスカレートするばかりだな」

険しい顔をつくっているものの、アシュレイの目は笑っている。

「この前だって私のお気に入りのリボンで遊んで、ボロボロにしちゃったのよ。本当に悪い子なんだから。パパも叱ってよ」

プンプン怒るマリーは、別人のように成長していた。今は十二歳だろうか。もともときれいな顔立ちをしていたが、丸かった顔は面長になり、すっかり美人になった。身長も伸びてアシュレイの肩まで背丈がある。すらっと延びた手足は、子供ながらに優美で美しかった。

「それよりマリー。お客さまだよ。ちゃんとご挨拶《あいさつ》して。おじいちゃんの知り合いの方だ」

アシュレイに注意されて、マリーは今初めて気がついたというように俺を振り返った。

「こんにちは。マリーです。初めまして」

はにかんだ笑顔を浮かべ、礼儀正しく挨拶してくる。その笑い方は幼い頃のままだった。

俺の愛しいマリーが目の前にいると思ったら、胸が熱くなった。もう会えないと思っていたから、なおのこと気持ちが高ぶった。

「こんにちは。田中です」

挨拶を返しながら、俺は心の中で語りかけていた。

――マリー。大きくなったね。俺の知らない間に、立派なレディになったんだね。

いつまでもマリーの顔を見ていたかった。いや、それだけでは足りない。力一杯に抱き締めて、あの頃のように頬にキスしたかった。

「マリー。部屋に戻ってココアの様子を見ておいで。また悪戯しているかもしれないから」

「大丈夫よ。二階のケージに入れたから」

「でも見てきなさい。叱られて、しょげているかもしれないだろ」

マリーは素直に「わかった」と頷き、家の中に戻っていた。

食い入るようにマリーを見つめている俺の態度に、アシュレイは違和感を覚えたのだろう。ロリコン男だと思われたのかもしれない。心外なので誤解を解くことにした。

「とても可愛らしいお嬢さんですね。あんなお嬢さんがいて羨ましい。……私の娘も生きていれば、あの子くらいの年齢になっていたのに」

最後は独り言のように小さな声で呟いた。

「娘さんを亡くされているのですか？」

「はい。五年前に事故で。まだ七歳でした」

アシュレイの表情が悲しげに曇った。嘘は言っていない。俺は五年前に最愛の娘を失った。あの子はもう俺を、パパとは呼んでくれない。

「そうでしたか。それはお気の毒に。……田中さん。ここで立ち話をするのもなんですから、家の中でお茶でも飲みながらお話しませんか？」

優しいアシュレイは同情したのか、初めて会った時のように俺をお茶に誘った。俺はもちろんその誘いを受けた。


案内されてリビングに入った。室内は五年前とほとんど変わっていない。

懐かしい部屋の中に立った瞬間、時間を遡《さかのぼ》ってあの頃に戻ったような気持ちになったが、それはほんの一瞬の夢だった。俺はもうここの住人ではない。ここに俺の居場所などないのだ。

「パパ、ココアと散歩に行ってくるね」

リビングのテーブルについた時、小さな犬を抱いたマリーが現れた。犬は薄茶色のトイプードルだった。モコモコした毛並みが人形のようで、なかなか愛らしい。

「わかった。車には気をつけて」

「うん。……どうぞごゆっくり」

俺に向かって、またはにかんだ笑顔を向けてくる。俺は微笑んで「ありがとう」と礼を言った。マリーはココアにリードをつけて、楽しそうに出かけていった。

あの犬はいつから飼っているのだろう。マリーが欲しいとせがんだのだろうか。ブランの時のように、死んだ時に辛《つら》い思いをしなければいいのだが。

「田中さん、甘いものは大丈夫ですか？」

キッチンからアシュレイが問いかけてくる。大好きだと答えると、紅茶と一緒にショートケーキを運んできた。

可愛らしいショートケーキだった。真っ白なクリームの上に数種類のベリーが飾られ、生地の中には淡いピンクと紫の二層のムースが仕込まれている。

ひとくち食べて実感した。これは達朗のつくったケーキだ。間違いない。

「とても美味しいです。こんなに美味しいケーキは初めて食べました」

「それはよかった。友人がつくったケーキなんです」

アシュレイは嬉しそうな顔で答えた。はやる気持ちを抑え、俺は軽い口調で尋ねた。

「そのご友人は、やはりケーキ職人ですか？」

「ええ。すぐ近所に店を持っています。上総洋菓子店といって、この辺りでは有名な店なんですよ」

達朗は今もあの店で働いている。よかった。変わりなく元気でやっているのだ。

「そうですか。こんな美味しいケーキを売る店なら、毎日でも通いたいですね」

アシュレイはマイケルの思い出話をしたがった。見たこともない相手だが、アシュレイの記憶を自分のものにした時、マイケルのこともいろいろ知ったので、話を合わせるのは簡単だった。

会話は弾んだが、さすがにそろそろ腰を上げなければいけないだろうな、と思い始めた時、ドアが開いて達朗が入ってきた。

突然だったので、心臓が止まりそうになった。

「あ、すみません。来客中でしたか」

達朗は俺を見て、少し慌てていた。腕まくりした薄手のセーターと古びたジーンズ姿で、重そうなスーパーのレジ袋を両手に下げている。買い物帰りのようだ。

達朗は顎にうっすら髭《ひげ》を生やしていた。男っぽくて格好いいし似合っているが、俺は髭のない達朗のほうが好きだと思った。

「お邪魔しています」

俺が挨拶すると、達朗は「ど、どうも」と頭を下げた。初対面の相手にぎこちないのは以前のままだった。変わっていない達朗を嬉しく思う反面、その他人行儀さが悲しかった。

「彼はうちに下宿している上総くんです」

「上総……。ということは、このケーキをつくった？」

俺は白々しく尋ねた。アシュレイが「ええ、そうです」とどこか誇らしげに頷く。

「今日はお店が休みなんですよ。……達朗。こちらは田中さん。君のつくったケーキを、すごく美味しいって褒めてくださったよ」

達朗は照れくさそうに笑みを浮かべ、「ありがとうございます」と頭を下げた。

「これ、冷蔵庫に入れてきますね。冷凍食品があるので」

達朗がそそくさとキッチンに向かった。アシュレイが達朗のほうを何度も見るので、俺はなんだかいたたまれなくなって腰を上げた。

「すっかり長居してしまいました。帰る前に、お手洗いをお借りできますか？」

「ええ、どうぞ。トイレでしたら出て真正面にあります」

俺は礼を言ってリビングを出た。わざと少しだけドアを開けたままにして、聞き耳を立てる。

「え？　初めて会う人なんですか？」

達朗の声だった。俺のことを聞いたのだろう。

「そうだけど何か問題でも？」

「知らない人を簡単に家に上げるのは、どうかと思いますよ。ちょっと不用心でしょう。お茶を出すなら教会の応接室のほうがいい」

「でも義父《ちち》の知り合いだよ？　……だから……し」

声が聞き取りにくい。俺はもう少しドアを開けて、ふたりの姿を目で確認した。達朗とアシュレイはキッチンの中にいた。向き合って喋るふたりの姿が、カウンター越しに見える。

「あなたが他人を疑わない人なのはわかってますけど、最近は何かと物騒ですからね。何か買うように勧められませんでしたか？　シロアリがいるとか、屋根が痛んでいるとか、太陽光パネルがお得だとか――」

「ないよ。ない。君は本当に心配性だな」

アシュレイが苦笑を浮かべて達朗の頬を軽く叩《たた》いた。達朗はその手を上から抑えて笑っている。甘く見つめ合うふたりの姿を目の当たりにした瞬間、やはりそういうことかと理解した。

ミカエルはアシュレイを生き返らせた時に、彼の記憶を操作したのだ。達朗を自分の恋人だと思い込ませた。そうでなければ敬虔なクリスチャンであり、亡き妻を一途《いちず》に思いつづけてきたアシュレイが、男の達朗と恋人同士になるはずがない。

そしておそらく達朗からはラジエルのことや、あの夜の記憶をすべて消し去った。そうすればふたりはなんの問題もなく、恋人として一緒に暮らしていける。

王子さまとお姫さまは、いつまでも仲よく幸せに暮らしました。そんなお伽噺のような幸せな結末がここにあった。俺のいない場所で用意されていた。

俺はトイレのドアを少し強く閉め、それから五秒数えてリビングのドアを開けた。アシュレイと達朗はもう見つめ合ってはいなかった。

「アシュレイさん、ありがとうございました。私はこれで失礼します。お茶とケーキ、ごちそうさまでした」

俺はドアのところから、にこやかに礼を言った。

「こちらこそ、お話ができて楽しかったです。また近くまで来られた時は、ぜひ寄って下さい」

歩きだしたアシュレイを制止するように手を上げ、「見送らないでください」と声をかけた。

「ですが……」

「見送られるのは苦手なんですよ。本当にここで結構です。突然訪問したのに、親切にして下さってありがとうございました」

俺がドアのところで深々と頭を下げたので、アシュレイも見送りを諦めた。

「わかりました。お気をつけてお帰り下さい」

達朗もアシュレイの隣で軽く頭を下げてきた。俺は会釈してドアを閉めた。靴を履いて外に出ると、ちょうどマリーがココァを連れて帰ってきたところだった。

「もう帰るんですか？」

「はい。お邪魔しました。……マリーちゃんのお父さんは、とても優しい人だね」

マリーは嬉しそうに「はい」と大きく頷いた。

「世界一、優しいパパです。さようなら」

「さようなら」

家の中に入っていくマリーの背中を見送ってから路地に出た。アスファルトに濃く焼きついた自分の影を踏みながら、ひとけのない路地をゆっくり歩いていく。

まんまとミカエルにしてやられた。訪問する前から、なんとなくこうなる予感はめったから、それほどの驚きはない。けれど辛い現実を突きつけられ、胸が潰《つぶ》れそうだった。

俺の可愛いマリー。俺の大切な達朗。ふたりは俺がいなくても幸せに暮らしている。本物のアシュレイがいるから、俺はもう彼らに必要とされない。

ふたりは俺という存在がいなくなったことにも、まったく気づいていないのだ。仕方がない。俺はしょせん偽者だった。

偽者の恋人。偽者の父親。だからしょうがない。

「待ってくださいっ」

背後から男の声に呼び止められ、俺は立ち止まった。後ろから足音が近づいてくる。

胸が震えた。あれは達朗の声だ。

まさか――。

湧《わ》き上がる期待を必死で押さえつけ、後ろを振り返った。息を切らした達朗が、すぐ目の前に立っていた。

もしかして達朗は、俺だと気づいてくれたのだろうか？　姿形は変わっても俺の魂を感じ取ってくれたのだろうか？　だから追いかけてきてくれた？

「たつ――」

「これ、お忘れです。上着」

達朗が差し出したのは、俺が着ていた背広だった。部屋に入った時、脱いで椅子の背にかけたのを、すっかり忘れていた。

足の裏から全身の力が抜けていくような虚脱感に襲われる。

違った。達朗は忘れ物を持ってきただけだった。俺に気づいたわけではなかった。

「うっかりしていました。お手数をおかけして申し訳ありません」

頭を下げて背広を受け取った。達朗は「お気をつけて」と微笑み、来た道を引き返していく。

「……待って。待ってくれっ」

咄嗟に引き止めていた。達朗が足を止め、「はい？」と俺を振り返る。

「その、変なことを尋ねますが、前にどこかで会っていませんか？」

一縷《いちる》の望みに縋って尋ねた。どうしても聞かずにはいられなかった。それは教会で達朗が俺に向かって投げかけてきたのと、同じ問いかけだった。

達朗が俺の顔を見つめてくる。だが、その目に浮かんでいるのは困惑だけだった。

「すみません。初対面だと思います。俺はあなたのことを知りません」

達朗の申し訳なさそうな声に重なるように、屋上で言われたアモンの言葉が頭の隅で聞こえた。

――だが期待はするな。

ああ、本当だな、アモン。期待なんてするものじゃない。期待したせいで、こんなにも心を粉々に砕かれてしまった。なんて滑稽なんだろう。

「そうですか。いや、そうですよね」

俺は笑った。自分の勘違いを恥じるように。

「変なことを聞いて、すみませんでした」なんとなく、あなたの顔に見覚えがあるように思ったものだから」

「いいんです。そういうことって、よくありますから。ではこれで」

達朗は再び俺に背中を向けて歩きだした。俺はたまらなくなって、心の中で叫んだ。やはり教会で、記憶を失った達朗に向かってそうしたように。

達朗。行かないでくれ。戻ってきてくれ……っ。

あの時、俺の願いは叶った。達朗は俺の心の声が聞こえたように、すぐ戻ってきてくれた。

でも今回は、俺の声は届かなかった。これっぽっちも届かなかった。達朗は一度も俺を振り返らず、アシュレイの待つ家へと急ぎ足で帰っていく。

『背広、渡せた？』

『ええ、ちゃんと渡してきました』

『よかった。ご苦労さま』

そんな会話をかわすふたりの姿が、目に浮かぶようだった。見つめ合い、キスするふたり。達朗の腕がアシュレイを抱き締める。愛し合うふたりの姿は幸せそのものだ。

遠ざかっていく達朗の後ろ姿が、不意に滲《にじ》んだ。こみ上げてくる嗚咽《おえつ》を必死で抑え込む。

――ずっと一緒にいたい。死ぬまであなたのそばにいさせてください。

――俺はアシュレイ一筋です。ずっとあなたを愛し続けます。

あの愛の言葉たちは、いったい誰に向かって囁かれたものだろう?

俺だと思っていた。でも違ったのだ。達朗は俺が消えても気づかなかった。

達朗自身は、昔も今もアシュレイだけを愛している。その事実に、その強い愛情に嘘はない。ひとつもない。

そうだ。達朗は一途な男だ。たったひとりの相手を想い続けている。

だから誰も。決して誰も。たとえ神であろうと、達朗を不実だと責めることはできない。彼ほど誠実な男はいない。悪いのは俺だ。達朗を騙した俺が悪い。だからこれは自業自得なのだ。

「みっともない。涙を拭け」

ミカエルが隣に立っていた。

「よくもやってくれたな」

吐き捨てるように言ってやった。涙をボロボロと流しながら言うような台詞《せりふ》でないのはわかっていたが、言わずにはいられなかった。

「こっちが本当の罰か」

「そうだ。罰はその者にとって一番辛いことでなければ、与えても意味がないからな」

「サディスト天使め。地獄に落ちろ」

ミカエルは俺の罵りを無視して、「力はもう戻っているぞ」と言った。

「あとはお前の好きにしていい」

「……それはどういう意味だ?」

「言葉のままだ。もっと見た目のいい器に乗り換えたければそうすればいいし、その器で達朗を誘惑したければすればいい。達朗の頭を弄って惚れさすのは、簡単なことだろう?」

困惑した。あまりにもミカエルらしからぬ言葉だ。

「本気で言ってるのか?」

「正直なところを言えば、やはりアシュレイには聖職者として清く生きてもらいたい。だからお前がアシュレイから達朗を奪うのは大歓迎だ。ただし、その際はアシュレイの記憶を操作してくれ。男に捨てられて傷心の牧師など、情けなくて目も当てられないからな」

勝手な言い分だ。自分でアシュレイをゲイにしておいて、俺に尻ぬぐいをさせようとしている。

「これはお前にとっても悪い話ではないだろう? お前は達朗をまた恋人にできるのだから」

甘い誘いに心が揺れた。確かにその話に乗れば、俺はまた達朗と幸せに暮らせる。だが迷ったのは一瞬だけだった。俺の気持ちは最初から決まっていた。

「……断る。俺は達朗には、いや、あの三人にはもうかかわらない」

「あれほど執着していたのに諦めるというのか? そもそも達朗を惚れさせたのはお前だろう。お前だから達朗は惹《ひ》かれたのだ。なのに、なぜアシュレイから奪いたいと思わない? 力を使えば簡単なことなのに」

ミカエルが理解できないという表情で、俺をきつく問い詰める。

「奪いたいよ。もう一度、達朗を俺のものにしたい。でももういい。達朗とマリーは幸せそうだった。本物のアシュレイと幸せに暮らしているなら、今さら俺の出る幕じゃないだろう」

俺が幸せになるためには、達朗とアシュレイの頭を弄らなくてはいけない。場合によってはマリーもだ。もうそれはしたくない。愛する者たちの記憶や気持ちを操るのは嫌だ。

それに俺が欲しいのは、そんな取り替えのきくインスタントな愛情ではない。魔法をかけて達朗の愛情を得ても、きっと虚《むな》しくなるだけだろう。

「達朗とマリーが幸せなら、俺はそれでいい。このままどこかに消える」

辛いけれど。それは俺にとってとてつもなく辛い選択だけど、あえてそうしようと思った。そうすべきだと自分に言い聞かせた。

「自分の幸せより彼らの幸せを優先するのか。それはつまり、お前は彼らを本気で愛しているということなのか？」

いちいち聞くようなことじゃないだろうと思いつつも、俺は「そうだ」と頷いた。

「俺は達朗とマリーを本気で愛している。可笑しいか？」

ミカエルは無表情で「可笑しいな」と頷いた。

「まったくお前らしくない。お前はいつだって、何に対しても熱くなることはなかった。そのお前が見下していた人間を本気で愛するとはな。……残念なことなのか喜ばしいことなのか自分でもよくわからないが、お前の愛情が本物だとわかった以上、腹立たしいが約束を守るしかない」

「約束……？」

なんのことかわからず、俺は眉根を寄せた。

「おい、約束ってなんだ？」

「今、教えてやる」

ミカエルの手が伸びてきて、俺の頭を摑んだ。

「う……っ」

頭の中を抉られるような痛みを感じ、目を閉じた。次に目を開いた時には、俺はまったく別の場所にいた。

見覚えのある天井。壁。窓。そこはアシュレイの家のリビングだった。

「よかった、気がついたんですね……っ」

そう言って俺を強く抱き締めたのは、髭のない達朗だった。

どういうわけか俺は床に倒れていて、達朗の腕に抱きかかえられていた。

# 6

なんだ？　何が起きたんだ？

俺は状況がまったく摑めないまま、心配そうにしている達朗の顔を呆然と見上げた。その目は俺だけを必死で見つめている。他のものなど、まったくどうでもいいというように。

「達朗、もしかして俺が誰だかわかるのか？」

「え？　何を言ってるんですか、アシュレイ」

「アシュレイ……？　俺はアシュレイなのかっ？　田中さんじゃなくてっ？」

思わず自分の顔を手で撫で回してしまった。達朗の顔が不安そうに歪《ゆが》む。

「アシュレイが変になってしまったのは、あんたのせいかっ？」

達朗が気色ばんで尋ねた相手は、黒いコートを着たミカエルだった。

「案ずるな。この者は夢を見ていたのだ。それで寝ぼけているだけだ」

「夢……？」

その一言で呆けた頭がクリアになった。

「じゃあ、あれは、全部夢だったのかっ？」

驚きのあまり勢いよく立ち上がりすぎて、足もとがふらついた。すかさず達朗が隣から俺を支えてくれる。

「答えろ、ミカエル。幽閉もアシュレイの魂を呼び戻したって話も、すべて嘘だったのか？　お前が俺に見せた夢でしかなかったのか？」

「そうだ。何もかも夢だ。実際はお前が意識を失ってから、二分しか過ぎていない」

平然と答えるミカエルに、強烈な殺意が湧いた。力が使える状態だったなら、俺は迷わずミカエルの頭を破裂させていただろう。正しく言えばミカエルが使っている人間の頭を、だが。

「このサディストめっ！　根性が腐りすぎだ！　お前のほうがよっぽど悪魔じゃないかっ！」

俺に罵られたミカエルは、不愉快そうに眉をひそめた。

「何を言うか。面白がるためにやったことではない。お前にチャンスを与えてやったのだ。せいぜいガブリエルに感謝するんだな」

「ガブリエルに？　どういうことだ？」

「お前を厳重に罰するべきだと訴えた私に、ガブリエルは反対した。ガブリエルはお前が牧師のふりをしているのは、その青年と牧師の娘を本気で愛しているからだと言った。私はそんなはずはないと一笑に付したが、ガブリエルは譲らなかった。そこで私たちはお前を試すことにした。お前の愛が利己的なものか、それとも自分を犠牲にしてでも相手の幸せを願う尊いものか、それを確かめるためにお前に夢を見せたのだ。……驚いたことに、お前はふたりの幸せを願って身を引こうとした。賭《かけ》はガブリエルの勝ちだ」

自分の気持ちを賭の材料にされたのかと思うと怒りは収まらなかったが、ミカエルが素直に敗北を認めたのはいい気分だった。ざまあみろだ。

「で、俺はどうなる？」

「私が勝てば改心するまで闇の牢獄に幽閉するつもりだったが、負けてしまった以上、お前には手を出せない。ガブリエルと約束したからな。――だが達朗には干渉できる」

「何……？」

俺は警戒して達朗を自分の後ろに押しやった。ミカエルが哀れそうに俺を見る。

「力が使えない状態で守れるわけがないだろう。安心しろ。別にその青年を痛めつけるわけではない。お前に関する記憶を消すだけだ。もちろんマリーからもだ。アシュレイ・エイミスは雨の夜、達朗の車に轢かれて死んだ。その後、達朗は罪の意識に苛まれながら苦しんで生き、マリーはひとりぼっちになって施設に預けられる。そういう人生に書き換える。そのほうが現実に沿っているからな」

「駄目だっ。そんな真似はやめろ！　絶対に許さないぞっ」

「いくら反対したところで、今のお前に私を止めることはできない。――ただし、回避できる方法がひとつだけある。私が提示する条件を吞めば、何もせずここから立ち去ってやろう」

ガブリエルとの賭に負けたくせに、なぜえらそうに条件など押しつけてくるのだろう。悔しく思ったが、力で対抗できない以上、ここは下手に出るしかない。俺は怒りを抑え込んで「その条件を言え」とミカエルを促した。

「アシュレイとして生きている間、お前の力を封印する。同意するなら今後何があろうと、私はいっさいお前たちに干渉しない。約束する」

「力を封印されたら、アシュレイの肉体を維持できなくなる」

「その心配はない。私がアシュレイの身体にお前を結合させる。そうすれば、お前はアシュレイの身体とひとつになって生きられる」

「結合……？　さすがは大天使ミカエルさまだな。そんなすごい技が使えるのか」

ミカエルは俺の嫌みを聞き流し、淡々と話を続けた。

「ただし、ひとたび結合されれば、お前にその肉体を捨てる自由はなくなる。寿命が来るまで生き続けなければいけない。寿命を全うした時、力は戻るが、もしも肉体の檻から解放されたくて自殺行為を行えば、お前は永遠に力を失うことになるだろう」

「なんだよ、それは。えらく一方的な話じゃないか」

――人魚姫や。人間にしてあげる代わりに、お前のその美しい声をもらうよ。

なぜだか不意に、マリーに読んでやった人魚姫のワンシーンが頭をよぎった。魔女が突きつけた条件を、人魚姫は迷わず呑んだ。王子さまのそばに行きたい一心で。

力を封印されて生きる。それはつまり事実上、無力な人間になってしまうことを意味する。

「どうする？」

俺は決心した。達朗とマリーの今の幸せな生活を守れるなら、俺自身は無力になってもいい。

「わかった。その条件を――」

「待て。早まるな」

俺とミカエルの間に割って入るようにして現れたのは、アモンだった。

「ユ、ユージンさん……っ？」

俺の後ろで達朗が驚いている。アモンは達朗に「驚かせてすまない」と律儀に謝った。来てくれるのは嬉しいが、パジャマ姿なのがいただけない。緊張感のない奴だ。

「アシュトレト。そんな一方的な条件に軽々しく同意するな。もっとよく考えろ」

「……お前はアモンか。結界を破って入ってくるとはさすがだな。だがこの結界の中にいる限り、お前もアシュトレト同様に無力だ」

冷ややかに笑うミカエルに向かって、アモンは冷静に言い返した。

「承知の上だ。俺は戦うために来たのではないからな。……アシュトレト。考え直せ。その選択はお前にとって不利すぎる」

「いいんだ。どれだけ考えても答えは同じだ。達朗とマリーを守れるなら他のことはどうでもいい」

俺の決心が固いとわかったのだろう。アモンは無駄に意見を重ねなかった。少しの間、黙って俺を見つめてから、「そうか」と頷いて会話を終わらせた。

「ならばもう邪魔はしない。……ミカエル。さっさと終わらせて、仲間を連れてここから去れ」

アモンが脇に退《ど》くと、ミカエルは俺に近づいてきた。達朗が俺の前に飛び出してきて、「何をするつもりだ？」とミカエルをにらみつける。

「いいんだ、達朗。心配しなくていい。これは俺が望んだことだ」

物言いたげな達朗を押し留め、俺はミカエルと向き合った。

「さあ、いいぞ。俺の力を封印しろ」

ミカエルは両手を持ち上げ、俺の頭を左右から摑んだ。ミカエルの全身から白い光があふれ出してくる。こいつは昔から派手《はで》なのが好きだから、何かにつけぴかぴかと光を発するのだ。

「今からお前の力を封印する。アシュトレト、お前のすべての力を私に委ねるか？」

「委ねる」

俺は短く答えてから、眩しさに目を細めて微笑んだ。

「……ミカエル。昔から思っていた。お前の放つ光は美しいな。他の誰よりも美しい」

本心からの言葉だった。一瞬、ミカエルは何か言いたげな様子を見せたが、すぐにいっさいの表情を消して、無言のまま俺の額に自分の額を押し当ててきた。

ミカエルの身体がさらに輝き、俺は耐えきれず目を閉じた。

全身から力が抜けていく。俺は立っていられなくなり、その場に膝をついた。

「忘れるな」

俺の頭を両手で挟んだまま、ミカエルが耳もとで囁いた。

「神はすべてのものを愛しておられる。父を否定する憐《あわ》れな迷い子であろうと、それは同じことだ。お前はこれから無力な人間として、人の世で生きていかなければならない。無力であることから何を学ぶかはお前次第だ。……罪深きお前にも、神のご加護があらんことを」

額に唇の感触。キスされたらしい。光が消え、目を開けた時にはもうミカエルの姿はなかった。

「アシュレイ、大丈夫ですか？」

達朗はふらつく俺を抱えてソファーまで運んでくれた。俺を心配しながら隣に座った達朗は、焦点の定まらない目をしている。心ここにあらずといった様子だ。

「やっぱり俺は夢を見ているんでしょうか。全部、現実のこととは思えません。人が急に現れたり消えたり光ったり……。さっきの人、本物のアシュレイは、俺が車で轢き殺したって言ってましたよね？　嘘だと思いたいけど、だったらどうして俺は繰り返しあの夢を見るんでしょう。現実のことだから？　でもだったら、あなたは誰なんです？」

「達朗。今から説明する。すべてを打ち明けるから聞いてくれ」

アモンが「よせ」と口を挟んだ。

「俺が達朗の記憶を消してやる。今夜のことはなかったことにするんだ」

「駄目だ、アモン。しなくていい。俺は達朗に事実を話す」

「話してしまえば、元の関係には戻れなくなるかもしれないのに？　達朗を失ってもいいのか？」

その可能性はおおいにある。だがそれでも俺は言わなければいけないと思った。

達朗にはすべてを知る権利があり、知ったうえで何をどう選択するかは彼の自由だ。本当に達朗を愛しているというなら、俺は彼の自由を何よりも尊重しなくてはいけない。

やっとそのことに気づいた。そうすべきだと思えるようになった。

「すべては達朗が決めることだ」

アモンは憐れむような目で俺を見てから、「そうか」と頷いた。

「覚悟のうえならもう何も言わない」

アモンは消えた。達朗はもう驚く気力もないのか、力のない声で俺に尋ねた。

「ユージンさんも人間じゃない？　さっきの人はあなたを悪魔だと言ったけど、本当に……？」

「そう呼ぶ者もいる。だが悪魔といっても別に地獄に住んでいるわけじゃないし、人の生き血を啜《すす》ったりもしない。俺たちは肉体を持たないエネルギー体だ。魂だけの存在とでも言えばわかりやすいかな。人間が誕生する遥《はる》か昔から、この星に存在してきた。人間とかかわっていくうち、ある者は天使と呼ばれ、ある者は悪魔と呼ばれ、ある者は神と呼ばれ、ある者は精霊と呼ばれるようになった」

にわかには信じられないのか、達朗は疑わしそうに俺を見ている。

「俺はアシュレイ・エイミスの肉体を借りていて、アモンはユージン・マクラードの肉体を借りている。俺がなぜアシュレイの肉体に入ったかを話そう」

俺は達朗に始まりから話した。アモンとの関係や珠樹との出会い。ポール・リイズとしてのアシュレイとマリーとの出会い。

それからたまたま立ち寄った洋菓子店のケーキを気に入り、雨の夜に再び訪ねてみたら、目の前で達朗の車にアシュレイが轢かれて死んだこと。マリーと達朗を憐れに思い、咄嗟にアシュレイの身体に入った俺は、マリーが大人になるまで父親役を務めると決めたこと。

「やっぱり俺は、アシュレイを轢いていたんですね。本当のアシュレイはあの時、死んでいた……」

自分がひとりの人間の命を奪ったと知り、達朗はひどくショックを受けていた。俺はかける言葉も見つからず黙っていた。

しばらくして達朗は無理矢理《むりやり》のように口を開いた。まだ知るべきことがあるからだ。

「どうして俺は事故のことを覚えてないんですか？」

一番言いづらいことだったが、答えないわけにもいかない。俺は憂鬱な思いで話を再開した。

「それは俺が君の記憶を消したからだ」

「記憶を……？」

「ああ。君は事故のあと、頻繁にうちに来るようになった。俺を好きになったらしい。俺も君を好ましく思っていたから、ふたりはつき合うようになった」

「え？　そんな……。俺たちは以前にもつき合っていたんですか？」

「そうだ。だが俺にすれば遊びだった。いや、遊びだと思いたがっていた。なぜなら俺は人間を下等な生き物として、ずっと見下してきたからだ。俺はあまりにも高慢でプライドが高すぎた。だから君を本気で愛している自分に気づいた時、怖くなった。そんな愚かな自分を認めることができなくて、俺は……俺は君から記憶を消した。俺のことも、俺を愛した君の気持ちも、すべて消し去ったんだ。だから君は事故のことも覚えていない」

達朗は何も言わなかった。ただ俺の顔を悲しげに見ている。裏切られたと思っているのだろう。ひどい仕打ちをされたと思っているはずだ。

「後悔した。本当に後悔したよ。自分の愚かさを何度も責めた。でも奇跡が起きた。君は俺を忘れていなかった。具体的な記憶はなくても、俺を覚えていてくれたんだ。……俺は、俺はあの時、教会で君に抱き締められた時、心の底から幸せだと思った」

話しているうちにあの時の気持ちが蘇《よみがえ》ってきて、思わず泣きそうになった。だが泣くのは卑怯だ。涙で達朗の気を引きたくない。俺は必死で涙をこらえて話を続けた。

「それからは、君やマリーに対して力はいっさい使っていない。普通の人間として君らに接してきたつもりだ。だからラジエルが現れた時も、仕方なく関係を持った」

ここまで来たら正直に言うしかないと思い、俺はなぜラジエルの言いなりになったのかも話した。もしかしたらそれは俺の打ち明け話の中で、唯一、達朗にとって救いのある内容だったのかもしれないが、何もかもが今さらだった。ふたりの関係が根底から覆った状態で、浮気ではないと聞かされても、喜べやしないだろう。

俺が口を閉ざすと、部屋は重苦しい静寂に満たされた。達朗は前屈《まえかが》みになって両手で顔を押さえている。だから表情はわからない。怒りや悲しみを必死で抑え込んでいるのかもしれない。

長い、とても長い沈黙のあと、達朗が顔から手を離して呟いた。

「……正直、まだ信じられません。あなたが本当のアシュレイじゃないってことも、人間ではない存在だってことも、俺が記憶を消されたことも。でも事実なのもわかってます。俺はすべて信じて受け止めなくちゃいけない。でもすぐには受け止められない。頭では理解できたとしても、気持ちが追いつかないんです」

「そうだろうね。すぐには無理だと思う」

達朗が立ち上がった。俺は顔を上げ、達朗の険しい横顔を食い入るように見つめた。

「すみません。時間をください。しばらく考えたい。考えてから答えを出したい」

「答え？　それはつまり、俺と別れるかどうかってこと？」

達朗は一瞬、痛みをこらえるような表情を浮かべた。

「……そういうことも含めて、いろいろです。すみません。今は何も聞かないでください」

達朗は逃げるようにリビングから出て行った。

「ショックです。騙されていたんです。本当はフリーターなのに、有名な会社で課長をしているって言ったんですよ？　それに貯金もたくさんあるって言ったのに、実際は借金がかなりあるみたいだし。ひどくないですか？」

顔にモザイクをかけられた女が、変換された甲高い声で話している。俺はだらしなくソファーに寝転がって、「ひどいよな」と頷いた。

「あなた、そんな男とは今すぐ別れなさい。恋人を騙すような男は最低よ。他にもっといい男はいくらでもいるわ。まだ若いんだからきれいさっぱり別れて、新しい恋を見つけなさい」

派手な化粧をしたおばさんタレントのアドバイスに、俺は「そうだ。そのとおりだ」とまた頷いてから、モザイク女に向かって話しかけた。

「おい、馬鹿女。お前なんてまだましだぞ。達朗はもっと悲惨だ。恋人だと思っていた相手に、頭の中を弄られたんだからな。おまけに相手は人間じゃないときた。職業詐称どころか種族詐称だ。それなのにこれからどうしたらいいのかって、まだ真面目に悩んでいる」

達朗は若い。この先、いくらでも出会いがあるだろう。無理して俺みたいな得体の知れない、どうしようもないほどややこしいのとつき合う必要はない。

達朗が別れたいと言うなら、応じるしかないと思っていた。なのにあれから三日が過ぎても、達朗はまだ悩んでいた。ひたすら悩み続けている達朗が心底可哀想になってきて、いっそ俺から別れを切り出してやるべきだろうかと何度も思ったが、やはり自分から言いだすのはきつい。――というか、できない。

くだらないテレビ番組を消して、俺は仰向《あおむ》けになった。力を封印されてから、やたらと疲れやすくなっていけない。まるで重力が変化したかのように身体が重く感じられ、すぐ横になりたくなって困ってしまう。

マリーは今日、友達の家に泊まりに行っていない。もうすぐ達朗が帰ってくる頃だが、きっとまた思い詰めた顔でリビングのドアを開けて入ってくるのだろう。

それでもマリーがいれば多少の笑顔も見られるが、ふたりきりの今夜はお通夜みたいな夕食になりそうだ。


案の定、ふたりきりの夕食は、重苦しい空気に覆われていた。

「達朗。シチューのお代わりは？」

「いえ。もう結構です。ごちそうさまでした」

いつもならお代わりする大好物のビーフシチューも、今日は一杯で終了だ。

今夜も皿を洗ったら、すぐ自分の部屋に引き上げてしまうのだろうと思っていたが、達朗は片付けが終わるとまた椅子に座った。言いたいことがあるらしいと察した俺は、向かい側に腰を下ろした。

「話したいことがあります」

「うん。聞くよ」

とうとう別れを決意したのだろうか。それとも俺を許してくれるのだろうか。

いや、期待はするな。期待はよくない。そう自分に言い聞かせて達朗の言葉を待った。

「俺、フランスに行ってきます」

思いがけない言葉を告げられ、すぐには反応できなかった。

「フランス……？」

「はい。前に話しましたよね。パリのパティスリーショップで働くって話。あの誘いを受けることにしました。今日、先輩に返事をしました」

達朗がフランスに行ってしまう――。その事実をどう受け止めていいのかわからず、俺は戸惑うしかなかった。

これはやはり別れ話なのか？　遠回しに達朗は、俺に別れを切り出しているのか？

「俺とは別れるってことでいいのかな？　そういう解釈で」

俺が尋ねると達朗は若干、顔を強《こわ》ばらせ俯いた。

「正直に言ってもいいですか？」

「ああ。言ってくれ」

「まだ答えが出ないんです。どれだけ考えても答えを出せない。俺は不器用な人間なので、すぐに結論を出すのは無理だとわかりました。もっと時間が必要みたいです。それに距離も」

俺は「距離？」と聞き直した。達朗が強く頷いた。

「そうです。距離です。あなたから離れて、ひとりになって考えたい。普通ではないあなたという存在を、俺は本当に受け止められるのか。その覚悟があるのか。それをじっくり考えたいんです。あなたから遠く離れた場所で。……だからフランスに行きます。俺の我《わ》が儘《まま》です。あなたを待たせることになるんだから。だけど、どうしてもそうしたいんです。どうか俺の勝手を許してください」

気持ちが乱れた。別れを告げられなかったことへの安堵《あんど》。フランスに行ってしまうことへの寂しさ。待ち続けても、結局は別れを切り出されるかもしれないという不安。

待つのは辛い。あまりにも辛い。待たされた挙げ句に振られるなら、今ここで振ってほしかった。けれど、じっくり考えたいという達朗の気持ちを尊重してやるべきなのもわかっていた。今の俺に達朗の選択を拒否する権利はない。

「わかった。君の思うようにすればいい。帰ってきた時に、君の気持ちを聞かせてくれ」

「ありがとうございます」

達朗はホッとしたように微笑んだ。被害妄想だとわかっているが、俺から離れることができて安堵しているようにも感じられ、その笑顔がひどく寂しかった。

## 7

達朗はフランスに旅立っていった。達朗の渡仏に伴い、上総洋菓子店は休業になった。帰国したら営業を再開するつもりらしい。

達朗は部屋を借りっぱなしでは申し訳ないから、自宅の荷物を店に運ぶと申し出たが、俺はマリーが寂しがるのでそのままにしておいてくれと頼んだ。マリーは達朗が帰国したら、また一緒に暮らせると当然のように思い込んでいた。

だがそれはマリーを口実にしただけで、本当は俺の希望だった。うちに荷物があれば、帰国したら必ず会える。そんなずるい気持ちでいっぱいだった。

マリーとふたりきりの生活が始まった。元の暮らしに戻っただけなのに、家の中がやけにがらんとしているように感じられ、俺もマリーもしばらくは落ち着かない気持ちで過ごした。

マリーは達朗に電話をかけたいと言ったが、俺は達朗の部屋には電話がなく、向こうで使っている携帯は日本からかけても繋《つな》がらないと嘘をつき、手紙を書くように勧めた。マリーは喜んで手紙を書いた。俺はその手紙を達朗に送った。

俺も手紙を書いたが、迷った末、同封しなかった。俺と距離を置きたいと思っている相手に、手紙を送るのは無神経だろうと考えたからだ。

達朗がいなくなって寂しがっているマリーのために、休みの日はできるだけ出かけるようにした。

動物園。植物園。美術館。大きな公園。子度向けの音楽会。水族館。遊園地。図書館。山や海。マリーにいろんな景色を見せてやりたかった。いろんなものを見て、いろんな気持ちを感じてほしかった。偽者の父親でも、やれるだけのことはやってあげたかった。

夏休みになると海水浴やプールにも行った。山に行って川で水遊びもした。マリーは楽しい体験を手紙に書き、達朗に送り続けた。俺もいつも一緒に手紙を書いたが、同封することはなかった。俺の気持ちを書き記した陰気くさい手紙は、達朗のもとに一度も送られることなく、引き出しの中で増えていった。

達朗からはたまに絵葉書が届いた。短い文章が添えられただけの、いつも素っ気ない葉書だったが、達朗の文字を見るたび胸がいっぱいになった。

力が使えたなら、きっと何度も達朗の姿を見に行っていただろう。ストーカーのようにこっそりと盗み見ては喜んだはずだ。できなくてよかったと思う。それはあまりにも気持ちが悪い。

アモンと珠樹はよく遊びに来てくれた。落ち込んだ顔を見せるのが嫌で、つい笑顔で嫌みを投げかけてしまうことも多かったが、珠樹は不気味な笑顔を浮かべ、いいんだよ、わかっているんだから、と言いたげな慈愛に満ちた顔で、うんうんと頷くばかりだった。

珠樹にそこまで同情されるとは、俺もとことん落ちぶれたものだ。


夏が終わり、短い秋が過ぎ、冬になった。

俺は時々、達朗の店に立ち寄った。何かあった時のために合い鍵《かぎ》を預かっていただけで、様子を見てくれと頼まれたわけではないが、俺は定期的に訪れては、店に異変がないか確認していた。ひとけのない場所は、すぐに荒らされてしまうものだ。

その日、俺が店に来てみると、シャッターに貼った達朗の書いた張り紙が、誰かの悪戯で破られていた。俺は同じような張り紙をつくり、クリアファイルに入れてからガムテープで貼りつけた。これで破られることはないだろう。

『勝手ながらしばらく休業させていただきます。店主』

店の前を箒《ほうき》で掃き、店内の拭き掃除もした。誰もいなくても、埃《ほこり》だけは自然と溜まっていく。

掃除が終わってからケーキを買いに来た時のように、なんとなくショーケースの前に立って厨房《ちゅうぼう》を覗き込んでみた。そうしていると白い帽子とコックコート姿の達朗が今にも奥から現れそうで、馬鹿だと思うが胸がときめいた。

――会いたい。会いたい。会いたい。

ただひたすら達朗に会いたくて会いたくて、どうしようもないほど胸が苦しくなった。

事務所のロッカーに、達朗のコックコートが入っている。俺はそれを手に取って顔を押しつけ、少しだけ泣いた。

そんなふうにして達朗のいない日々は、ゆっくりと過ぎていった。

年が明けて二月に入った頃だった。

とても寒い日の夕方、マリーがとびきりの笑顔で帰ってきた。

「パパ。今日ね、美奈ちゃんのおうちでマルチーズの赤ちゃんを見てきたの！　すっごくすっごく可愛かったっ」

聞けば美奈ちゃんの家で飼っているマルチーズに、先月、赤ちゃんが三匹生まれたのだという。引き取り手を探している最中らしく、マリーの輝く目は猛烈に飼いたいと訴えていた。

「うちで飼っちゃ駄目？　本当にすごく可愛いの。パパも見たらきっとすぐ好きになるよ」

「マリー。可愛いっていう気持ちだけじゃ、犬は飼えないんだよ。散歩をさせないといけないし、トイレや食事の世話だってしなくちゃいけない。その子の生活や命に責任を持つ覚悟がないと――」

「大丈夫！　マリーがちゃんと世話をするもんっ。お散歩だって毎日行くし、ご飯だって自分で用意する！　約束するからお願いっ。パパ、うちで飼おう？　ねっ？」

マリーはすっかりその気になっていて、俺がいくら犬を飼う大変さを教えても聞く耳を持たなかった。これは困った。あまり反対するとマリーに嫌われてしまう。かといって犬を飼うなんて面倒だ。

俺はいったん保留にして、明日また話し合おうと提案した。マリーは渋々同意して、自分の部屋に引き上げていった。

「犬ねぇ……」

乗り気ではなかったが、ふとミカエルに見せられた夢を思い出して気が変わった。

あの夢の中では、この家に犬がいた。犬を飼って幸せそうに暮らしていた彼らの姿が目に浮かぶ。

俺の理想がそこにあった。

俺は結局、犬を飼うことに同意した。それからしばらくして、我が家に白い巻き毛の子犬がやって来た。あまりにも小さかった。それにとんでもなく情けない顔をしているので、初めて見た時は笑ってしまった。

マリーは子犬にミルクと名付けた。達朗がいなくなってから寂しそうにしていることが多かったマリーだが、ミルクが来てから格段に元気になった。マリーの笑顔を見るたび、俺の心も明るくなり、いつしか俺はミルクの存在に感謝するようになった。

よもやこんなちっぽけな頼りない生き物に、感謝する日が来ようとは。俺は自分の中に、まだ知らない自分がいることを思い知った。

マリーは犬を飼い始めたことを、嬉しそうに達朗への手紙に書いた。俺の出せない手紙は増える一方で、今や引き出しの中であふれそうになっていた。読み返してみると、どこまでも女々しくて失笑してしまった。

会いたいだの、寂しいだの、君のいない生活はすべてが色褪《いろあ》せて見えるのだの、まるで才能のない詩人が書いた下手くそな詩みたいだ。俺には文才というものがないらしい。

それでも俺は手紙を書き続けた。そうしないと胸の中に渦巻く恋しさで、今にも窒息しそうだったのだ。書くことで少しだけ気が紛れた。だから書くしかなかった。

ミルクのいる生活にも慣れ、厳しかった寒さもいつしかやわらぎ、気がつけば春が訪れてマリーは三年生になった。

庭にも花が咲き始めた。菜の花、チューリップ、デージー、アネモネ、パンジー、ワスレナグサ。俺は庭に出てせっせと草木の手入れをしては、可憐《かれん》に咲く花たちを心ゆくまで愛《め》でた。

以前なら踏みつぶしても、何も感じなかっただろうちっぽけな花。その花たちが今は無性に愛おしく思える。自分もまたちっぽけな存在だと思い知ったからだろうか。

五月に入ると初夏を思わせる陽気が続いた。その日、教会の仕事が休みだった俺は、つばの広い麦わら帽子を被《かぶ》り、庭に出てきれいに咲いた薔薇を眺めていた。みんなアシュレイが大事に育ててきた薔薇たちだ。

薔薇は繊細な植物だ。土の硬さにも気配りが必要だし、新芽が出てくると虫がつくので頻繁に消毒をしなくてはならない。肥料の与え方にもコツがあるし、剪定《せんてい》も上手にしてあげないと花がきれいに咲いてくれない。

手間がかかる分、咲いた時の喜びは大きい。俺は剪定したほうがいい蕾《つぼみ》を摘み取りながら、時々、大輪の花に顔を近づけて甘い香りを楽しんだ。

神などいやしない。その気持ちに今も変わりはないが、もしも、もし本当に神がいるとしたら、それは空から偉そうに見下ろしているようなものではなく、美しい自然の中にこそ存在しているのではないだろうか。

たとえばそれは、完璧《かんぺき》な形をした美しい薔薇の花びらの上に。

たとえばそれは、ひらひらと楽しげに庭を舞うモンシロチョウの白い羽の陰に。

たとえばそれは、吹いてくる爽《さわ》やかな風の中に。

たとえばそれは、木々のごつごつした幹の表面に。

この世に存在するすべてのものの中に神の姿がある。いや、神の愛があるのかもしれない。だから人は自然の中に身を置いた時、言葉にできない喜びを感じるのではないだろうか。

人はありとあらゆる経験を欲し、生まれ変わるたびにまた新しい体験を積み、新しい感情を得る。それらを求めて何度も何度も人生を繰り返す人間は、変化のない生き方しかできない俺たち種族よりも、実際は比べようもないほどの豊かな魂を持っている。

俺たちはつまるところ、人間が羨ましいのだ。だから干渉する。神が本当にいるなら、人間こそが神の現し身《うつ》だ。神は俺たちより人の子を愛している。愛しい我が子に、たくさんの体験をさせようとしている。

俺は薔薇の香りを嗅《か》ぎながら、目を閉じて願った。もしも生まれ変わることができるなら、次は人間に生まれたい。人間として、この星に命を授かりたい。

もちろんそんな奇跡など起きないとわかっている。だがそれでも、俺にだって願う自由だけはあるはずだ。

「――アシュレイ」

後ろから達朗の声が聞こえた。幻聴だと思って苦笑いを浮かべたら、また声が聞こえた。

「アシュレイ。俺です。今、帰りました」

幻聴じゃない。俺は弾かれたように後ろを振り返った。スーツケースを脇に置いた達朗が、すぐそばに立っていた。眩しそうな目で俺を見ている。

「達朗……？」

「はい。急に帰ってきてすみません。驚かせてしまいましたね」

本物だ。本物の達朗が目の前にいる。優しく微笑む達朗の顔を見ていたら、感激で胸が熱くなった。やっと帰ってきてくれたのだ。

抱き締めてキスしたい。でもできない。達朗の出した答えを聞くまでは、軽々しく触れてはいけないのだ。

抱きつきたい衝動を必死で抑えて微笑み返そうとした。だがその前に、薔薇の蕾と剪定ばさみを持った俺の姿を見て、達朗はなぜかクスッと笑った。

裾の長い派手な柄物のTシャツに膝の抜けたジーンズ。素足にサンダル。麦わら帽子。そんな格好が可笑しかったのかもしれない。達朗がいた頃は、一度も見せなかったゆるい姿だ。

恥ずかしさに頬がカッと熱くなった。よりによって、こんなひどい格好の時に帰ってこなくてもいいのに。俺はいたたまれなくなって「と、とにかく家に入ろう」と先に玄関へ向かった。

「長いフライトで疲れただろう。今、お茶を淹れるから」

俺に続いて達朗もリビングに入った。達朗はダイニングのテーブルにつくと、部屋を見回し「懐かしいです」と呟いた。

「たった一年なのに、何年も離れていたみたいな気がします」

キッチンでお茶を用意しながら、心の中で「俺もだよ」と答えた。俺もたった一年が、恐ろしく長く感じられた。

達朗のカップに紅茶を注いで、向かい側に腰を下ろした。達朗は庭を眺めている。

「今年も薔薇がきれいに咲きましたね」

「ああ。アシュレイの愛した薔薇だから大事に育てている」

何げなく口にした言葉に、達朗は少し困ったような表情を浮かべた。目の前にいるのが本物のアシュレイでないことを、あらためて意識したかのような顔つきだった。

気まずい空気が流れるのを感じながらも、俺は明るい声で尋ねた。

「フランスはどうだった？」

話題が変わったことにホッとしたのか、達朗は笑みを浮かべて「よかったです」と答えた。

「すごく勉強になりました。素晴らしい経験をさせてもらったことに、心から感謝しています」

「でも少し痩《や》せたな。向こうでの生活は、大変だったんじゃないのか？」

以前より頬がこけている。見たところ四、五キロは体重が減っているようだ。

「そうですね。言葉の壁もあったし仕事も激務だったし、大変といえば大変でした。店とアパートの往復だけで、あっという間に毎日が過ぎていった感じです」

達朗は紅茶をひとくち飲んで、「すみません」と謝った。

ドキッとした。何に対して謝っているのだろう？　待たせたのに、結局別れるという結論に達したこと？

悪い予感に頭が支配されていく。俺は強ばった顔で「何が？」と尋ねた。

「ひとりになって考えたいと言ったけど、いくら考えても答えは出ませんでした」

「え……？」

それは要するに、まだ答えが出ていないから、もう少し待ってほしいということなのか。

「い、いいんだよ。いくらでも考えてくれ。俺は待つから」

「いえ。これ以上、待たせられません。今、結論を伝えます」

心臓がギュッと絞られるような感じがした。それに呼吸も苦しくなってくる。俺は必死で平静を装い、達朗の言葉を待った。

「人ではないあなたをどう受け止めればいいのか、俺が選ぶべき正しい選択はなんなのか、考えても考えても、どうしても答えは出なかった。けど、ひとつだけわかったことがあるんです。俺は毎日、あなたのことを思い出していました。あなたのことを想わない日は、一日としてなかった。自分が決めた別れだったのに、会いたくて会いたくて、声が聞きたくて、触れたくて、気が狂いそうだった。離れてみてわかったことは、あなたを誰よりも愛しているという事実だけでした。……だから、だからもう二度と離れたくない」

「達朗……」

愛している。離れたくない。その言葉だけが俺の頭の中で繰り返された。

本当に？　これは夢ではないのだろうか？

達朗は本当に俺を許し、そして受け入れてくれるというのか？

「まだ間に合いますか？　この家で、またあなたとマリーと二人で暮らせますか？　それが俺の一番の幸せなんです。だから、どうかお願いします。もう一度、俺をあなたの恋人にしてください」

熱く訴える達朗の目は潤んでいた。俺はもちろんだと言おうとしたが、胸が詰まって声が出なかった。唇だけが震えながら動く。

達朗が立ち上がって俺の前に来た。床に跪《ひざまず》き、喘《あえ》ぐように息をしている俺の手を握り締める。

「いいんですか？　ここに帰ってきても？」

俺は頷いた。小刻みに何度も頷いた。

「いいに、いいに決まってる。ずっと待っていたんだから。君が帰ってきてくれるのを、俺はずっとずっと待っていたんだから……っ」

達朗は安心したように微笑み、俺の膝に顔を伏せた。

「よかった。もうあなたに許してもらえないんじゃないかって、すごく不安だったんです。本当によかった……」

俺は上半身を屈めて、達朗の髪に頰を押し当てた。

懐かしい硬い髪の感触。ああ、本当に達朗だと思った。達朗が俺のもとに帰ってきてくれたのだ。

「達朗。俺は――」

「あ！　達朗兄ちゃんだっ！　嘘、いつ帰ってきたのっ？」

俺はギョッとして頭を上げた。マリーの声に驚いたのは達朗も同じで、勢いよく顔を上げすぎて俺の顎に衝突した。

「う……っ」

「あ、すみませんっ。大丈夫ですか、アシュレイ？」

俺は顎を押さえながら、「大丈夫」と答えた。マリーがキャーと叫びながら走ってきて、床に跪いたままの達朗に抱きついた。学校から帰ってくる時間なのを、すっかり失念していた。

「おかえり、達朗兄ちゃん！」

「ただいま、マリーっ」

達朗がマリーの身体を強く抱き締める。ずるい。俺だってまだ抱き締めてもらってないのに。

「背が伸びたね。一年前よりお姉さんになった」

マリーは満面の笑みを浮かべ、「本当？」と達朗にまた抱きついた。

「ねえ、また一緒に暮らせるんだよね？」

「ああ。三人で一緒に暮らそう」

「やった！　あ、でも違うよ」

マリーが即座に訂正した。達朗は「え？」と目を丸くした。

「三人と一匹だよ。ほら、見て」

マリーが指差した場所にいたのはミルクだった。達朗のすぐ後ろに立って、短い尻尾《しっぽ》をぷるぷると振っている。

「この子がミルクか」

達朗は嬉しそうに目を細め、子犬を抱き上げた。人懐っこいミルクは警戒もせず、達朗の頬をペロペロと舐《な》める。

「くすぐったいよ。こら、やめろって」

「可愛いでしょ？」

「ああ。すごく可愛い」

達朗はひと目でミルクが好きになったらしい。唇を舐められても嫌がらずに笑っている。俺はにこやかに眺めながら、内心ではミルクに腹を立てていた。

ずるい。俺だってまだキスしていないのに。

達朗が帰ってきて嬉しくてたまらなかったのだろう。その夜、マリーは興奮してなかなか寝ついてくれなかった。おかげで本を三冊も読まされてしまった。

読み聞かせからやっと解放されて寝室に戻ってきたら、達朗がベッドに腰かけて何かを熱心に読んでいた。机の二番目の引き出しが開いている。

「ああ……っ！」

俺の口から悲鳴にも似た大きな声が出た。突然の叫び声に驚いたのか、達朗がビクッと肩を震わせる。手に持っているのは便せんだった。

「駄目だっ、それは読むんじゃない……っ」

達朗の手から便せんをひったくり、引き出しの中に押し込んだ。

「勝手に人の手紙を読むなんて、マナー違反だろっ」

「す、すみません。引き出しが少し開いていて、中を見たら俺宛《あて》の手紙が見えたので、つい……」

怒りまくる俺に達朗は何度も謝った。でもその顔はどこかにやけている。嫌な予感がした。

「……何通、読んだ？」

「すみません。さっきのが最後の手紙でした」

「……」

ということは全部読んだのだ。顔から火が出そうだった。あんな女々しいことばかり書き連ねた恥ずかしい手紙を、すべて読まれてしまったなんて最悪だ。

俺は達朗の隣にドサッと腰を下ろした。

「忘れてくれ。あれは君に読ませるために書いたんじゃない。自分の気持ちを吐き出す場所が欲しかったただけだ。だから――」

「嫌です。忘れません。絶対に忘れません」

断固とした口調だった。顔を上げると、達朗は真剣な表情で俺を見ていた。

「あなたがどんな気持ちで俺を待っていてくれたのか、どんなに辛かったのか、さっきの手紙のおかげでよく知ることができました。俺はあなたをひどく苦しめてしまった。今さら謝っても遅いでしょうけど、謝らせてください。本当にすみませんでした」

「よせ。君が謝る必要はない。君を騙していた俺が悪いんだ。俺こそ君に何度謝っても足りないよ。こんな俺を許してくれてありがとう。俺のところに帰ってきてくれてありがとう」

見つめ合う瞳《ひとみ》に熱いものがあふれてくる。ふたりの唇は引き合うように自然と重なった。軽く触れただけで、俺の唇からは震える吐息が漏れた。

「夢みたいだ。本当に今、君とキスしてる……？」

達朗は薄く笑い、さらに深く唇を押し当ててきた。同時に俺を強く抱き締める。俺も達朗の背中に腕を回して、愛しい男を抱き締めた。

恋い焦がれた腕の中にいる。嬉しくて嬉しくて、その喜びは言葉になんかできない。

抱き合いながら何度も唇を重ね合う。ソフトなキスから情熱的な激しいキスへ。達朗の熱い舌を自分の内側に感じながら、俺は何度も何度も甘い溜め息をこぼした。

キスだけで胸が一杯になった。呼吸が乱れて上手く息ができない。

「待って、待ってくれ……。なんだか緊張して、胸が苦しい」

「俺もです。俺も胸が苦しい。だけどやめたくない。一秒だって止めたくない……」

達朗は俺をベッドに押し倒すと、パジャマのボタンを外して俺の肌に顔をうずめた。敏感になった肌を唇と舌で愛撫され、俺は呆気《あっけ》なく声を漏らした。どこに触れられても感じすぎて困る。理性がどこかへ飛んでいき、達朗を感じるだけの存在になっていく。

俺の乳首は少し摘まれただけではしたなく勃起《ぼっき》し、達朗に舐められると熟れた果実のように赤く色づいた。達朗は「可愛い」と何度も呟き、左右の突起を交互に愛撫してくる。

「あ、はぁ……っ、達朗、駄目だ……。感じすぎて、おかしくなる……」

俺のペニスは乳首への刺激だけで達しそうになっていた。コントロールの効かない身体が怖い。こんなにも興奮して大丈夫なのだろうか。快感のせいで息絶えたりしないだろうか。そんな馬鹿げた想像をしてしまうほどだった。

達朗は俺の乱れた姿にますます欲情を刺激されたのか、夢中で俺の乳首に吸いついた。甘噛みし、舌をいやらしく動かし、俺を追い詰めていく。

乳首と性器がまるで直結しているみたいだった。胸への刺激がダイレクトに股間に響き、俺のペニスは恥ずかしいほど愛液を滲ませている。

尖《とが》った乳首にカリッと強く歯を立てられた。痛みさえが激しい快感に変換され、背筋に痺れるような電流が走った。

限界まで張り詰めていた俺の性器は、途端に弾けた。

「ああ、ん、くぅ……っ」

噴き出した白濁は、達朗の顎にも飛び散った。一度も触れられていないのに、乳首への刺激だけで射精してしまった。俺も驚いたが達朗も驚いていた。顎から乳白色の雫を滴らせながら、びっくりした目で俺を見ている。

「ご、ごめん……。我慢できなくて……」

「いいんです。むしろ嬉しいです。……だけどそんなあなたを見たら、もう我慢できない」

達朗は俺の胸に飛散した精液を指ですくい取り、自分の勃起した雄に塗りつけた。たくましく立ち上がった狂気のようなペニスは、今すぐ俺が欲しいと訴えていた。

「いいですか？」

聞きながら達朗は俺の足を大きく開かせ、腰を入れてきた。ヌルついた丸い先端が、俺の熱く疼《うず》いている入り口をノックしてくる。気が狂うほど達朗が欲しかった。

「いいよ。いいから早く……」

早く。早く来てくれ。俺の中に。

俺の内側にある、永遠に決して埋まることのない虚無のようなこの空洞を、君だけが満たしてくれる。そんなものは錯覚でしかないとわかっている。わかっていても、君に求められる瞬間だけ、縷々《るる》として続く無窮の孤独を、俺はひととき忘れられるのだ。

だから早く——。

自分からいっそう足を開いて誘うと、達朗のそれが窄《すぼ》まりにグッと押し当てられた。達朗の欲望が俺の中に侵入してくる。言葉にならないその感覚に、頭の芯《しん》がジンと甘く痺れた。

「あ……っ、ん、達朗……っ」

自身を根元まで埋め込んだ達朗が、絶え入るような声で呟いた。

「アシュレイ……。あなたの中はとろけそうに甘い。ずっとこうしたかった。アシュレイ……」

達朗が腰を使って俺の中を丹念に味わっていく。俺のそこは歓喜しながら達朗のものを締めつけていた。突き上げられ、擦られ、揺さぶられながら、必死で達朗の欲望を呑み込もうと喘いでいる。

激しい抽挿にもみくちゃにされながら、俺は二度目の絶頂を迎えた。それは射精を伴わないより深い快感で、まるでどこから湧いてくるのかわからない歓喜の泉のようだった。

声にならない叫びを上げながら達した俺を見て、達朗も俺の中で射精した。泣き声にも似た切ない声を上げながら俺の中に精を放つ達朗は、無垢《むく》な子供のようで可愛かった。

激しく胸を弾ませながら俺の上に倒れ込んできた達朗を、強く抱き締める。

「アシュレイ。愛してます。あなたを、誰よりも、愛してる……」

乱れた呼吸を整えもせず、愛の言葉を必死に囁いてくる達朗が愛しすぎて、俺は大声を上げて泣きたくなった。


性急なセックスのあと、俺たちは時間をかけてゆっくりと愛し合った。時間をかけ過ぎて、二度目のセックスはどこが終わりかわからなくなり、気がついたらふたりして裸のまま眠っていた。

空が白み始めた頃、俺は目を覚ました。寝ぼけた頭で隣に手を伸ばしたら、達朗がいなかった。指先に感じたのは冷たいシーツ。血の気が引いた。

全部、夢だったのだろうか。達朗が帰ってきたことも、激しく愛し合ったことも、俺の見た夢？幸せな夢を見ていただけなのかと恐怖しながら、恐る恐る目を開けてみる。

安堵の息が漏れた。目の前に背中が見える。達朗がベッドに座っている。よかったと思って背中を見ていたら、カサッと音がした。達朗はまた俺の手紙を読んでいたのだ。

読むんじゃないと言ってやろうとしたが、気が変わった。というか、何も言えなくなった。なぜなら俺の書いた手紙を読みながら、達朗が泣いていたからだ。大きな背中が小刻みに揺れ、時々、鼻を啜る音まで聞こえてくる。

俺は唇をゆるませ、目を閉じた。

本当にたまらない。俺の恋人はなんて可愛い男なんだろう。


俺と達朗とマリーは、それからずっと仲よく暮らした。

時には喧嘩《けんか》もしたが、それすら時間が経てば笑い話やいい思い出になった。

優しい日々は静かに過ぎていった。

砂時計の砂が淀《よど》みなく流れ落ちていくように。

さらさら、さらさらと。


けれどお伽噺のような幸せな毎日は、ある日、突然に終わりを迎えた。

# 8

玄関の姿見の前で、俺はネクタイの歪みを直した。ついでに前髪をかき上げて整える。

鏡の中に映った自分の姿を、なんとなく眺めていて気がついた。金髪だから白髪はほとんど目立たないが、白髪が増えた分、髪の艶《つや》がなくなっている。

大抵の人間は俺が五十五歳だと知ると「お若いですね」と驚く。実際の年齢よりは若々しいのだろうが、寄る年波には勝てないものだな、としみじみ思った。

面白いもので本来老いとは無縁の俺なのに、アシュレイの肉体が老化してきたせいで、自分まで年老いた気分になってきた。

「パパ。鏡なんてゆっくり見てる時間はないんじゃないの？　新幹線に乗り遅れちゃうわよ」

マリーが呆れたように話しかけてくる。その手には折りたたみの傘があった。

「はい、傘。持っていって」

「いらないだろう。よく晴れている」

「駄目よ。天気予報で午後から降るって言ってたんだから。濡れたら嫌でしょ？　持っていって」

グイッと押しつけられ、俺は仕方なく傘を受け取った。マリーは満足そうに俺の頬にキスした。

「行ってらっしゃい。気をつけてね」

「ああ。夕方には帰れると思う」

今日は教会の集まりがあり、俺はこれから名古屋に行かなければならない。遠出は面倒だが大事な集会だから欠席できないのだ。

「じゃあ、私と達朗兄ちゃんより早いかもね。先に帰ってきたら、ご飯炊いておいて」

「はいはい。炊いておきますよ」

小さい頃はあんなに可愛かったマリーだが、今では俺や達朗を尻に敷きまくっている。本当にたくましく成長したものだ。

美人なのに性格が男勝りのせいか、二十六歳になるというのに男っ気がまったくない。昔は彼氏など連れてきたら腸《はらわた》が煮えくり返ると思っていたが、今では誰でもいいから早く連れてこい、と言いそうになることもしばしばだった。

「アシュレイ、行ってらっしゃい」

達朗も見送りにやって来た。達朗の髪にも白いものが混じっているが、不思議とそれがよく似合う。マリーも同意見らしく、「染めなくていいよ！」といつも言うほどだ。

達朗は年を取るほど、格好よくなっている気がする。優しげな目尻のしわなど、若い男にはない味があってたまらない。まあ、すべては俺の惚れた欲目かもしれないが。

「ああ、行ってくるよ」

俺が顎を突き出すと、達朗はマリーの視線を気にしながらも頬にキスをしてくれた。

マリーが二十歳になった時、俺たちは本当の関係を打ち明けた。ショックを与えるかもしれないが、家族だからこそ理解してほしかった。

神妙な態度で「実はふたりは恋人同士なんだ」と切り出した俺たちを見て、マリーは笑いだした。

目に涙を浮かべて馬鹿笑いしながら、「そんなのとっくに知ってるわよっ」と言ったのだ。

「ばれてないと思ったの？　信じられない。あんなにイチャイチャしてたら、誰だって気づくって」

そんなふうに言われて、こっちが驚いた。断じて誓うが、マリーの前でそれとわかるほど達朗といちゃついたことはない。いつだって親として節度ある振る舞いを心がけてきたつもりだ。

俺がしどろもどろにそう言い訳すると、マリーは「ごめんごめん」と手を振った。

「イチャイチャって言うのはあれだよ。雰囲気とか空気っていうの？　パパたちっていつも見つめ合ってさ、ふたりでにこにこしてるでしょ？　子供心にもパパと達朗兄ちゃんは、愛し合っているんだなぁって思ったの。自然とわかっちゃった」

必死で隠してきたつもりの俺たちは、マリーのあっけらかんとした態度に拍子抜けした。だがふたりの関係に気づきながらも、ぐれたりしないでまっすぐ素直に育ってくれたことには、深く感謝せずにはいられなかった。

それ以来、俺と達朗はマリー公認の関係になり、彼女がそばにいても挨拶のキスくらいは堂々とするようになったのだ。達朗はどうしても照れ臭いらしく、いまだに少し恥ずかしそうにしている。達朗のシャイさは一生治らないようだ。

「わ、もうこんな時間。パパは早く行って！　達朗兄ちゃん、私たちももう出なきゃ」

マリーは今、上総洋菓子店で達朗と一緒に働いている。小さい頃から達朗の美味しいケーキを食べて育ったせいか、マリーは当然のように自分も腕のいいパティシエになると言いだした。

高校卒業後、俺の反対を押し切って大学ではなく製菓専門学校に進学し、卒業してからはフランスにも留学した。そして帰国後、達朗の店で働くようになったのだ。

一緒に働くようになって、本当の意味で達朗のすごさを知ったのか、マリーにとって達朗は今では優しいだけのお兄ちゃんではなく、尊敬する師匠でもあるようだ。

「じゃあ行ってくるよ」

俺は達朗の頬にキスを返して、玄関のドアを開けた。背後でマリーが「あれ、鍵がない？　やだもう、どこ？」と騒いでいる。まったく元気なお姫さまだ。

外に出ると、頭の上には秋晴れの空が広がっていた。

俺は手に持った傘に目を落とし、本当に降るのかねぇ、とこっそり溜め息をついた。


名古屋での仕事が終わり、新幹線で帰路についた。東京には六時頃の到着予定だ。

東に向かうにつれて空が曇ってきた。窓にぽつぽつと雨粒が落ち始め、新横浜を過ぎたあたりから土砂降りになった。

家に帰ったらマリーは「ほら。傘、持っていってよかったでしょ？」と言うに違いない。得意げな顔が目に浮かぶようで苦笑が漏れた。

雨に濡れる街並みを眺めていて、ふと気づいた。すっかり忘れていたが今日は俺の、というか正しくはアシュレイのだが、誕生日ではなかったか？

毎年、達朗がケーキを焼いてプレゼントしてくれるのだが、今年はどうだろう。今朝の様子だと忘れているのかもしれない。だとしても別に構わなかった。もう誕生日を祝われるような年でもないだろう。

お土産に手羽先唐揚げの真空パックを買ってきたから、今夜はこれで達朗と一杯やるつもりだった。誕生日のお祝いならそれで十分だ。

肌寒くなってきたから、そろそろ熱燗《あつかん》もいい。俺は楽しい晩酌タイムを想像しながら、品川で新幹線を下りた。激しい雨だけでなく、ゴロゴロと雷まで鳴っている。風も強いしひどい荒れ模様だ。

他の降車客に混ざり、昇りのエスカレーターに向かってプラットホームを歩いている時だった。

――アシュレイ。

誰かに名前を呼ばれた気がして足を止めた。知り合いでもいるのかと思い、後ろを振り返ってみる。けれど誰もが足早に歩いているだけで、俺を見ている者はいない。

気のせいだった。これも年のせいだろうか。

やれやれと思い、俺はまた歩きだした。エスカレーターを降りて、改札を出たところで背広の内ポケットに入れてあった携帯が鳴った。

着信表示にはマリーの名前。ご飯を炊いたのか確認したいのだろうと思い、俺は開口一番に「まだ帰ってないぞ」と言ってやった。

「パパ！　今どこ？　どこにいるのっ？」

悲痛な声だった。ただならぬ空気を感じ取った俺は、「どうした？」と低い声で尋ねた。

「何かあったのか？　パパは今、品川に着いたところだ」

「大変なの！　達朗兄ちゃんが、達朗兄ちゃんが……っ」

マリーが焦ったように訴えてくる。達朗に何かが起きたのだ。

「達朗がどうした？　落ち着いて話しなさい。マリー、お願いだから落ち着いて」

マリーは「う、うん」と返事をし、涙声で説明し始めた。

「達朗兄ちゃん、買い物に行ってくるって一時間ほど前に出かけていったんだけど、なかなか戻らないから心配してたの。そしたら、ついさっき病院から電話があって、達朗兄ちゃんが事故に遭ったっていうのよ。救急車で搬送されたって」

「事故？　それで達朗の容態は？」

「わからない。尋ねたけど、とにかくすぐ病院に来て下さいってそれだけで。私、今から行ってくるね。パパもすぐ来て」

マリーが名前を告げたのは、うちの近所にある総合病院だった。俺は電話を切るとタクシーに乗り込んで病院に向かった。

雨のせいで普段より道路が混んでいる。俺はタクシーの後部シートで、早く着いてくれとひたすら念じた。雷はますます激しくなり、時々、空が真っ二つに裂けたのではないかと思うほどの轟音《ごうおん》が響いた。

不安を煽《あお》ってくる嫌な雷だ。俺は耳を塞《ふさ》ぎたい気持ちで、何度も自分に言い聞かせた。

大丈夫だ。たいしたことはない。きっと軽い怪我をしただけだ。

俺はあえて明るい方向に気持ちを持っていこうとした。達朗が痛い思いをするのは可哀想だが、彼はずっと忙しく働き詰めだったから、少し休めるならそれもいいのではないか。店はマリーに任せて、怪我が治るまでゆっくりすればいい。

この機会に温泉にでも行くのはどうだろう？　ふたりできれいな景色を見て、美味しいものを食べて、それから――。

「お客さん、着きましたよ」

運転手の声に顔を上げると、そこはもう病院の前だった。正面玄関は閉まっていたので、時間外出入り口で受付を済ませて病室に向かった。ナースステーションで達朗の名前を出すと、病室の番号を告げられた。

俺は心から安堵して病室を探した。重傷なら手術中か集中治療室にいるはずだ。普通の病室にいるということは、やはりたいした怪我ではないのだ。

――アシュレイ。心配をかけてすみません。

俺の顔を見たら、達朗は申し訳なさそうに謝るだろう。俺は怒った顔をして、死ぬほど心配したんだぞと言ってやる。それからよかったと笑いかけ、電話でのマリーの慌てぶりを持ち出してからかってやろう。

そんな想像をしているうちに部屋が見つかった。入り口には達朗の名前しか書かれていない。

静かにドアを開けて病室に入った。カーテンの向こうにマリーが見えた。ベッド脇の丸い椅子に座っている。

「マリー。遅くなった。達朗は――」

マリーの顔を見た瞬間、俺は言葉を失った。泣きはらした真っ赤な目。絶望の眼差し。

「パパ……。達朗兄ちゃんが、達朗兄ちゃんが……」

俺は恐る恐るベッドに目を向けた。そこに達朗が横たわっていた。頭に白い包帯を巻いているだけで、特に目立った傷もない。眠っているようにしか見えない安らかな顔だ。

「達朗はそんなに悪いのか？」

俺は尋ねた。マリーが顔を歪ませて首を振る。

「先生はなんて言ってた？　どれくらいで治るって？」

「パパ、違う。そうじゃないよ。そうじゃないの」

「なんだ、まだ聞いてないのか？　だったらパパが聞いてくるから――」

「パパ！　聞いてっ。達朗兄ちゃんは死んじゃったんだよ……っ！」

マリーが泣きながら俺の腕を摑んだ。震える手には白い粉がついている。手を洗う余裕もないまま、病院に駆けつけたのだろう。

「死んだって、そんな……そんなはずがない。今朝まであんなに元気だったじゃないか。眠っているだけだろう？　薬がよく効いてるから、それで――」

「見てっ。達朗兄ちゃんの顔、ちゃんと見て……っ」

マリーは現実から目をそらそうとする俺の腕を引っ張り、達朗のそばへと連れていった。

「交差点を渡っていたら、信号無視の車が突っ込んできたんだって。はねられて頭を強く打って意識がないまま救急車で搬送されたけど、病院に到着する前に亡くなったって……。だ、だから多分、苦しまなかったって、先生が……」

やめてくれ。言わないでくれ。そんなの嘘だ。嘘に決まっている。

「今日はパパの誕生日だから。達朗兄ちゃん、花を買いに行ったの。その帰り道に……」

マリーが隣の椅子に目をやった。そこには雨に濡れた花束が置かれてあった。誰かに踏まれたのか、少しひしゃげている。

「そんなはずない……そんなはず……達朗が死ぬなんて……」

俺は口の中で呟きながら、達朗の顔を覗き込んだ。やっぱり眠っているみたいだ。

「達朗……？」

手で頬に触れてみた。ひんやりしている。俺はそれでも認めたくなくて、頭を振った。

「嘘だよな？　死んだなんて嘘だろ……？　なあ、達朗。何か言ってくれよ……」

両手で冷たい頬を挟み、俺は必死で話しかけた。今にも目を開けそうな気がして、死んだなんてどうしても思えなかった。

「……駄目だ。駄目だよ、達朗。戻ってきてくれ……、頼むから、目を開けて俺を見てくれっ。早すぎる、こんなの早すぎる……！」

いつか別れが来ることはわかっていた。その覚悟もしているつもりだった。でも、まだまだ先だと思っていた。

もっと年老いて、耳が遠くなって、視力も衰えて、それでも俺たちは最後まで見つめ合って微笑み、手を繋ぎながら眠りにつく。自然と命が尽きるその時まで。そう思っていた。

こんな突然の別れは嫌だ。絶対に嫌だ。

──アモン。頼む。今すぐ来てくれ。達朗を助けてくれ！

俺は心の中でアモンを呼んだ。強く強く念じた。

「マリー……？」

気づかうような男の声。ドアのところに珠樹とアモンが立っていた。珠樹はベッドに横たわる達朗を見て、顔をくしゃくしゃに歪ませた。

「どうして、どうしてこんなことに……」

「珠ちゃん……っ。達朗兄ちゃんが、達朗兄ちゃんが……っ。うわぁ……っ」

マリーは珠樹に抱きつき、小さい子供のように泣きじゃくった。珠樹はマリーを抱き締め、俺とアモンに向かって小さく頷いてから、さり気なく廊下に連れ出した。

ふたりきりになり、アモンが俺の隣にやって来た。俺は小声で話しかけた。

「頼む、アモン。達朗を生き返らせてくれ」

「……無理だ。肉体の損傷は治せるが、達朗の魂はもうここにはいない」

「嘘だ。達朗は俺を置いていったりしない。頼むよ。達朗を俺のもとに戻してくれっ」

アモンは無言で首を振った。悲哀と同情がない交ぜになった瞳に、俺は深く打ちのめされた。

「本当に……？　本当に達朗は死んだのか……？　もう手遅れなのか？」

「そうだ。彼は旅立った。辛いだろうが、現実を受け入れろ」

手立てはないのだ。俺は本当に達朗を失った。

「なら、今すぐ俺の心臓を止めてくれ。俺も一緒に死ぬ。達朗がいないなら、アシュレイとして生きていく意味はもうない」

アモンはまたもや首を横に振った。

「俺に頼んで命を絶つのは自殺行為と同じだ。ミカエルと約束しただろう。自殺したら、お前は力を取り戻せなくなるんだ。力のない状態で達朗を探し出すのは不可能だぞ」

アモンの言うとおりだ。力を失うわけにはいかない。達朗を探すためには、アシュレイとしての人生を全うしなくてはならない。

わかっている。そんなことわかっている。だけど一緒に死にたい。達朗がいないのに、これまでと同じように生きていくなんて、俺には耐えられない。

俺は達朗の上に覆い被さった。

「達朗、どうしてなんだ。どうして俺を置いていくんだ……。ずっと一緒だって、あんなに言ってくれたのに、どうして俺をひとりにするんだ……っ」

物言わぬ骸《むくろ》に縋りつき、俺は号泣した。

目が溶けるほど涙を流し、喉が裂けるほど達朗の名前を呼んだ。今の無力な俺には、ただ泣き続けることしかできなかった。


「あ、パパ。おはよう。お弁当つくったから食べてね」

パジャマ姿でリビングに下りていくと、出かける支度を済ませたマリーがテーブルの上を指差した。自分のものをつくるついでに、俺の分も用意してくれたのだろう。

「ありがとう。……随分と早いけど、もう行くのか？」

「うん。ひとりだと仕込みにも時間がかかっちゃうからね。行ってきます」

俺の頬にキスをして、マリーは慌ただしく出勤していった。

椅子に座ってしばらくはボーッとしていたが、なんとなく弁当箱の蓋を開けてみた。

卵焼き。ウインナー。ゴマのかかったホウレンソウのおひたし。焼き鮭《ざけ》の切り身。ご飯の上には大根の葉のふりかけが、たっぷりと乗っていた。

大根の葉のふりかけは、達朗が大好きでよくつくってくれた。小さく切ったものをさっと塩ゆでし、ゴマ油で炒《いた》めて削り節を入れ、醤油《しょうゆ》と砂糖で甘辛く味付けする。これが基本だが、唐辛子やニンニクを入れても美味しい。

俺は泣きそうになって、弁当箱の蓋を閉じた。いつまでメソメソしているつもりだと、自分を叱りつける。

達朗が亡くなって今日で十日目だ。マリーは三日前から店の営業を再開させている。しばらく休業してもいいんじゃないかと言ったら、マリーはしっかりした顔つきで、早くお店を開けたほうが達朗兄ちゃんも喜んでくれるはずだからと答えた。

ケーキ職人としての達朗の気持ちを、一番よく理解しているのはマリーだと思い知った。泣き虫だったマリーは俺が思っていたよりもずっと強く、そして遥かに大人になっていた。いつまでも腑抜《ふぬ》けている駄目な父親とは大違いだ。

達朗の葬儀は小雨の降る中、しめやかに執り行われた。達朗の両親はすでに他界し、家族は妹がひとりいるだけだった。妹は嫁ぎ先の金沢で子供をもうけていたが、三年前に離婚し、今は社会人になった息子と二人暮らしをしている。妹も甥《おい》も俺と達朗の関係には以前から理解を示してくれていて、東京に遊びに来た時にはうちに寄ってくれたこともあった。

喪主は上京してきた妹が務め、彼女の意思を尊重して仏式での葬儀となった。葬儀後、妹はもし俺が望むなら分骨もすると言ってくれたが、俺はその申し出を丁重に断った。妹は俺がクリスチャンだから、そういう行いを望まないのだろうと勝手に納得してくれたが、固辞したのは単に意味がないと思ったからだ。

骨はあくまでも骨だ。ただのリン酸カルシウムの塊でしかない。達朗の魂が欠片も残っていないのは明白だから、俺には必要のないものだった。

俺はいつまでアシュレイとして、達朗のいない人生を生き続けなければならないのだろう。あと十年？　二十年？　それとも三十年？

うんざりする。心底うんざりする。俺は発作的な怒りに襲われ、両手でテーブルを叩いた。

「ミカエル！　もういいだろうっ？　俺に力を返してくれ。俺は無力な人として、もう十分に生きた。多くのことも学んだ。俺は以前の俺とは違う。お前が望むように変わったはずだ。だからもう俺を、この肉体の檻から解放してくれ……っ」

俺が黙ると家の中は静まり返った。なんの物音もしない。

俺はテーブルに突っ伏した。

いくら頼んだところでミカエルが応《こた》えないのはわかっていた。これは他の誰でもなく、俺自身が望んだことなのだ。どんなに苦しくても、俺は今の人生を最後まで歩いていくしかない。


お弁当を食べたあと、午後から達朗の部屋にこもって遺品の整理を開始した。達朗の妹に、落ち着いたら形見分けの品を送ると約束していたのだ。

それはひどく辛い作業だった。何を見ても達朗との思い出が蘇る。できるだけ心を無にして、妹と甥が喜んでくれそうなものを探すことにした。

ベッドの下に蓋つきのペーパーボックスがあった。中を見ると、昔、俺が書いた手紙が入っていた。フランスに送れなかった、あの女々しい手紙の数々だ。そういえば「俺が持っていてもいいですか？」と言われ、全部渡したのだ。すっかり忘れていたので、達朗がまだ大事に持っていたことに驚いた。

少し黄ばんだ便せんを懐かしく思いながら見ていたら、一番底からまだ新しい白い封筒が出てきた。表には『アシュレイへ』という文字が書いてある。達朗の文字だ。裏を見ると日付は去年の八月になっていた。

俺は自分の部屋から老眼鏡を持ってきて、手紙の封を開けた。便せんを取り出し、ベッドに腰かけて達朗からの手紙を読み始めた。


『――アシュレイへ。

この手紙は俺に万が一のことがあった時、あなたに読んでもらいたくて書いています。もし俺がぴんぴんしている時に見つけてしまったなら、恥ずかしいのでどうか読まずに封筒へ戻してください。無理なお願いかもしれませんが。

これから書くのは、本当なら自分の口で言うべきことばかりですが、自分が死んだあとの話をあなたにするのは、どうも苦手です。だから手紙で許してください。

前にあなたは言ってくれましたよね？　俺が死んだら俺の生まれ変わりを探すつもりだと。俺はあの時、そうしてほしいと言いました。次の人生でもあなたと出会い、そして愛し合いたい。心からそう願ったからです。

ですがある時、珠樹くんにそのことを話したら、生まれ変わった人間を探し出すのは、すごく難しくて大変なことだと教えられました。何百年、下手したら数千年かかるかもしれないと言われ、俺は気が遠くなりました。

俺は構いません。俺は見つけてもらうほうですから。多分、今までそうしてきたように、その時々の人生を自分なりに生きていることでしょう。

でもアシュレイは、ひたすら俺を探し続けなくてはならない。俺を探して世界中を駆け回るあなたの気持ちを想像したら、怖くなりました。俺はあなたにそんな辛いことをさせたくない。

でもあなたと再会したい。俺は輪《りん》廻《ね》転生《てんしょう》や生まれ変わりに関する本を読みあさりました。アモンにもいろいろ尋ねてみました。そして考え抜いた末、こういう結論に達したのです。

人間は偶然、生まれてくるのではない。時期や場所、両親さえも自分で選んでこの世にやって来るのだと。

前世を覚えている人たちの多くは、ソウルメイトの存在を語っています。過去世で何度も出会っている深い繋がりを持つ相手のことです。時には夫婦であったり、時には親子であったり、兄弟や親友だったり、彼らは生まれ変わるたびにソウルメイトと巡り会うのです。

人間の本来の魂にはそういう力が備わっている。だとしたら俺もあなたを見つけだし、あなたのそばに生まれてくることができるはずです。そうは思いませんか？

俺はそう信じたい。あなたへの想いが、必ず俺を導いてくれると信じたい。

だからこれは、俺からの切実なお願いです。俺が死んでも、どうか俺の魂を探さないでください。アシュレイとしての人生が終わった後、父親をなくしたマリーを幸せにしたように、できればあなたには不幸な人に希望を与える形で、また人として暮らしていてほしい。酷なことをお願いしているのは重々承知です。でも、それでもそうしてほしいんです。俺があなたを見つけますから。絶対に見つけてみせますから。いつかまた会いましょう。絶対に会えるから、それまで待っていてください。あなたを心から愛しています』

俺は読み終わった手紙を持って一階に下りた。マッチと来客用の灰皿を探して庭に出る。大事に残しておきたい手紙だが、もしもマリーが見たらおかしく思うだろう。俺だって達朗と同じで、明日事故に遭って死んでしまうかもしれない。マリーにとって俺と達朗は、ただの仲のいい恋人同士だ。愚かな悪魔と、そんな悪魔を愛してしまった気の毒な人間である事実は知らなくてもいい。

便せんに火をつけると、あっという間に炎が回って燃え上がった。黒い灰が風に乗って、ふわりと空に舞い上がっていく。俺は灰の行方を目で追いながら、達朗に話しかけた。

わかったよ、達朗。君の言うとおりにしよう。

探すなと言うなら探さない。俺はこの人生を終えたら、また人として生きる。その誰かの人生が終わったら、また誰かの人生を生きよう。

君が見つけてくれるまで、何度でも繰り返し、人として生き続けていこう。

# 9

「ねー。起きて。起きてってばぁ」

可愛い声に心地よい眠りを破られ、俺は目を開けた。女の子が俺の寝顔を覗き込んでいた。

軽くウェーブした長い髪。ぱっちりした目。小さい鼻。愛らしい天使がそこにいた。

「……マリー？」

「違うよ。麻利絵《まりえ》だよ。マリーはママでしょ？」

少女はプッと頬を膨らませた。

そうだ。この子はマリーじゃない。マリーの娘の麻利絵だ。この春から小学校に通い始めた、ぴかぴかの一年生。マリーの小さい頃によく似ているので、たまに間違えてしまう。

「ごめんごめん。おじいちゃん、寝ぼけていたんだ。おはよう、麻利絵」

「おはよう。すごくいいお天気だよ」

麻利絵はすぐに機嫌を直し、部屋から飛び出していった。

「ママー！　おじいちゃん、起こしてきたよーっ」

マリーにお手伝いを報告する元気な声が聞こえてくる。俺はだるい身体を起こし、ベッドの上で深い吐息をついた。

このところ体調がよくない。まあ七十にもなれば、不調な日もあって当然だろう。

「パパ、大丈夫？　具合が悪いなら、ご飯こっちに持ってこようか？」

エプロン姿のマリーが、俺の様子を見にやって来た。麻利絵の弟の海斗《かいと》も一緒だ。海斗はまだ三歳の甘えん坊で、母親の足にしがみついて俺を見ている。

「いいよ。向こうで食べる。……海斗。おはよう」

「じいじ、おはよう」

海斗はニコッと笑い、もじもじしながらどこかに走っていった。あの子は極度の恥ずかしがり屋だ。父親が大人しい男なので似たのかもしれない。

「ねえ、パパ。今日こそは病院に行ってよ。なんなら、私も一緒に行こうか？」

「お前は店があるだろう。子供じゃないんだから、病院くらいひとりで行けるよ」

「大の病院嫌いなんだから、子供と同じじゃない。本当に行ってよね」

向こうから「ママー！」と麻利絵の声が聞こえた。

「海斗が牛乳こぼしたっ」

マリーは「ええっ？　嘘！」と叫んでいなくなった。まったく騒がしい親子だ。

達朗が亡くなったあと、マリーはひとりで店を続けるのが大変になり、パティシエの求人を出した。そして採用した青年とうまが合い、ふたりは数年後に結婚した。

お店にも近いからと言って、マリーは実家に住み着いたままで新婚生活を開始した。俺は仕方なく一階の客間を自室にして、二階は娘夫婦に譲り渡した。

あとから「本当はお父さんをひとりにするのが心配だったんですよ」と、婿が呑気に笑いながら教えてくれた。穏やかな性格の優しい男で少し頼りない気もするが、マリーがしっかり者だから、組み合わせ的にはちょうどよかったのかもしれない。

今では二人の子供に恵まれ、夫婦で仲よく上総洋菓子店を切り盛りしている。婿は仕込みがあるので早く家を出ていき、マリーは麻利絵を小学校に送り出し、海斗を保育所に送り届けてから店に行くのが日課だった。

調子のいい時は俺が保育所に連れていくのだが、このところ身体を動かすのが億劫で、あまりマリーの手助けをしてやれていない。

外の空気を吸いたくなって、パジャマのまま窓から庭に出た。少し歩いただけで胸が痛む。心臓が弱ってきているのだろう。年々、老いぼれていく身体が恨めしい。

麻利絵の言ったとおり、素晴らしくいい天気だった。日射しは暖かく風は爽やかで、とても気持ちがいい。今年も薔薇がたくさんの蕾をつけていた。もうそろそろ開花しそうなので、その時が今から楽しみだ。

朝の空気を楽しんだ俺が部屋に戻ろうとした時、どこからともなくアゲハチョウが飛んできた。目の前をしきりに行ったり来たりするのでそっと手を上げてみたら、まるで休める場所を探していたのだと言わんばかりに俺の指先に止まった。

警戒もせず人の手の上で休むところを見ると、死期が近いのかもしれない。憐れに思っていたら、蝶は最後の力を振り絞るように羽ばたき、よろよろと浮き沈みしながらどこかに飛んでいった。

誰かの声が聞こえた気がした。後ろを振り返ったが誰もいない。

——アシュレイ。

空耳か、と思った時、門の脇に人影が見えた。視力が落ちているので、ぼやけてよく見えない。

誰だろうと目を細めていると、また声が聞こえた。

――アシュレイ。

「達朗……？」

どうしてだか、達朗の声に思えた。そんなはずがないのに。

人影はもう消えていた。俺は慌てて歩きだした。

「達朗、待ってくれ……っ」

数歩進んだ時、胸に激痛が走った。締めつけられるような痛みに耐えきれず、俺はその場に崩れ落ちた。目眩《めまい》がして呼吸も苦しくなり、朦朧《もうろう》としてきた。

俺は地面に倒れながら土を掴んだ。

アシュレイの目を通して最後に見えたのは、光だけだった。眩しい光が俺を包んでいた。


気がついた時には、俺はどういうわけか若い頃のアシュレイの姿をして、自分の死体を見下ろしていた。肉体を失って自由になったのに、まだ人の形でいようとする自分が少し滑稽だった。

「おじいちゃん、どこ？　朝ご飯、食べないの？」

麻利絵が庭に出てきた。きょろきょろと見回していた目が、俺の身体の上で止まる。麻利絵は玄関に駆け込んで叫んだ。

「ママ！　大変っ。おじいちゃんが……っ。早く来てっ！」

あまりの大声に驚いたのか、マリーが「何よ、どうしたの？」と言いながら飛び出してきた。

「おじいちゃんが、おじいちゃんが……っ」

麻利絵の指差した場所を見て、マリーは大きく息を呑んだ。

「パパっ？　パパ、どうしたのっ？」

マリーは俺の前を素通りして、倒れている父親の死体に駆け寄った。

「ねえ、しっかりしてっ。パパ、しっかりしてよ！」

狼狽《ろうばい》しながらもマリーは、麻利絵に「電話を持ってきて！」と指示した。麻利絵がすばしっこく部屋の中に飛び込んでいく。

「パパ、すぐに救急車を呼ぶからね。だからしっかりしてっ」

ぐったりしてまったく反応しない俺に、マリーは必死で話しかけていた。聞こえないとわかっているが、俺はマリーに語りかけた。

もういいんだよ、マリー。そんなに焦らなくていい。

麻利絵が持ってきた電話の子機を受け取り、マリーは一一九に電話をして救急車を要請した。しっかりした声で住所を伝えたが、その目には涙が浮かんでいた。大人になったマリーの涙を見るのは、これで三度目だ。一度目はミルクが死んだ時。二度目は達朗が死んだ時。

マリーが俺の頭を膝に載せ、「ああ、神さま」と両手を合わせた。

「神さま、どうかパパをお救いください。お願いですから、どうかパパを……」

必死で祈るマリーが憐れだった。

マリー。俺のために祈る必要はないんだ。俺はお前のおかげで幸せな時間を過ごせた。

お前のパパになれて幸せだった。こんな俺を人の親にしてくれてありがとう。何もかもが素晴らしい経験だった。

俺はしゃがみ込んでマリーの頬にキスをした。マリーは気づかない。

最後に俺の愛を感じてほしくて、俺は庭中の薔薇の蕾を一気に開かせた。途端に甘い香りが辺りに満ちていく。

「ママ！　見て、お花が咲いた！」

麻利絵が驚いて叫んだ。マリーは俺の頭を抱きながら、信じられないという表情でいっせいに満開になった薔薇の花を見回した。

「どうして急に咲いたの？」

「……わからない。わからないけど、神さまが奇跡を起こしてくれたのかも。パパがずっと大事に育ててきた薔薇だから、パパに見せてくれようとしたのかも。……パパ、見える？　薔薇が咲いたよ。すごくきれい。今までで一番きれいかもしれない。だから、ねえ見てよ、パパ。お願いだから、目を開けて見て……」

ああ、見えているよ。本当にきれいだね。でもこの薔薇は俺のためじゃない。

お前のために咲かせたんだ。お前の悲しみが少しでも薄れるようにと願いながら。

愛していたよ、マリー。悲しいけれど、ここでお別れだ。

さようなら。俺の可愛い娘――。

「久しぶりだな、アモン」

「……」

プールサイドの椅子に腰かけていたアモンは、俺を見てもまったく驚かなかった。相変わらず面白みのない奴だ。少しくらいギョッとすればいいのに。

「どうしてアシュレイの若い頃の姿をしているんだ」

「さあ。気がついたらこの姿だった。……そこにいるのはサリサリか？」

アモンの足もとに黒豹が蹲《うずくま》っていた。よく眠っているのか、ぴくりとも動かない。

「サリサリの子供だ。もうかなりの年寄りだから、眠ってばかりいる」

お城のような豪奢《ごうしゃ》な建物と広大な庭。久しぶりに来たマクラード家の邸宅は、昔とまったく変わっていなかった。懐かしい。ユージンの母親とつき合っていた頃、何度もここに通ったものだ。

「近いうちにマリーから連絡が入るはずだ」

「わかった。葬儀には珠樹とふたりで参列しよう」

「すまないな。日本に行ってマリーを励ましてやってくれ。……あの子はお前たちの孫か？」

「ああ。エリックだ。珠樹によく懐いている」

アモンが目を細めて答えた。芝生の庭で珠樹がよちよち歩きの幼児と遊んでいる。珠樹ももう五十代半ばのはずだが、まだまだ若々しくて元気そうだ。あの様子では百歳まで生きるな。

アモンと珠樹は達朗が亡くなった翌年、アメリカに渡った。仕事の関係でアモンの帰国が決まったのと、珠樹の家が再開発区域になり転居を迫られたことから、珠樹は思い切ってアモンについて渡米したのだ。

その後、ふたりは十歳と十二歳の兄妹《きょうだい》を養子に迎え、兄のほうが結婚して去年には孫が生まれたらしい。どれも珠樹とメールのやり取りをしているマリー経由で聞いた話だ。

「これからどうするんだ」

「そうだな。達朗が見つけやすいよう、また東京で暮らすとするか。まずは適当な身体探しが先だけどな」

アモンは頷いてから、「待つのも辛いな」と呟いた。

「待つさ。達朗の希望なんだから。聞かないわけにはいかないだろ。ところで、お前はどうなんだ？珠樹が死んだあと、どうするのか決まったのか？」

エリックが転んで泣きだした。珠樹が慌てて抱き上げ、何か話しかけながらキスをする。アモンはそんなふたりを眺めながら、「決まった」と答えた。

「珠樹は死んだら、俺に魂をくれるそうだ」

ふたりが出した答えは、思いも寄らないものだった。

魂を差し出す。それはアモンの魂に珠樹の魂が同化することを意味する。つまり珠樹は二度と人として転生しない。永遠にだ。

「本気なのか？」

「ああ。珠樹の強い希望だった。最初は俺も反対したが、何度も何度も話し合って決めた」

「魂が同化したら、珠樹の人格は失われるんだぞ。お前は珠樹と話すことも、あいつの姿を見ることもできなくなるんだ」

アモンは静かな目で「わかっている」と答えた。

「だが、珠樹は永遠に俺の中に存在し続ける。俺たちは二度と別れることはないんだ。珠樹はそれが一番いいと言った。だからもう契約を結んである」

なんて奴だ。俺は珠樹の愛の深さに胸を打たれた。

珠樹はアモンを苦しませたくなかったのだろう。生まれ変わりを探し続けるのも、探さずにひとりで生きるのも、どちらもアモンにとっては苦行だ。

アモンを苦しませずに済む方法。その方法はこれしかないと思い、決意したのだ。

「……珠樹の決断もすごいが、お前もすごいよ。俺には無理だ。俺は達朗とまた再会したい。姿が見たい。話がしたい。愛し合いたい。そう思うのは間違っているか？」

「間違いなんてものはない。ただ選択があるだけだ。俺には俺の、お前にはお前の選択が」

アモンは微笑んでいた。その目に励まされて、俺は「そうだな」と頷いた。

「じゃあ、俺は行くよ」

「珠樹に別れを言わないのか？」

「辛気臭くなるからな。あいつは葬儀の時に、俺の棺《ひつぎ》に縋ってわんわん泣けばいい」

アモンは肩をすくめた。

「最後まで珠樹に対して意地が悪いな」

「俺の歪んだ愛だ」

「アシュトレト。お前の幸運をいつも祈っている」

アモンの言葉を聞いて、俺も祈ろうと思った。

神ではなく俺自身に。どこかで俺を待っている達朗の魂に。そして俺たちの絆《きずな》に。

祈りは俺を強くしてくれるだろう。挫《くじ》けそうな心を支えてくれるだろう。

「また会おう、友よ」

俺はアモンに別れを告げると、一陣の風となって空高く舞い上がった。


さあ行こう。

愛おしい男と再び出会うために。

再び愛し合うために——。

# 終わらないお伽噺

お伽噺《とぎばなし》を聞かせてあげよう。

ハッピーエンドかどうかだって？
それは最後まで辿《たど》り着いてみないとわからない。

だけど、物語はもう始まっているんだ。

「あれ？　親父《おやじ》とお袋は？」

バイトが終わって家に帰ってくると、兄貴だけがリビングにいた。兄貴はビールを飲みながら、横目で俺《おれ》をジロッと見た。

「今夜はいないって言ってただろ。帰りは明日の夜だ」

兄貴が一枚の紙を俺に差し出してきた。見ると、お袋のメッセージだった。

『達朗《たつろう》へ。お父《とう》さんとお母さんは貞雄《さだお》伯父さんのところに行ってきます。帰りは明日の夜になります。真人《まさと》の言うことをよく聞いてちょうだいね』

「……あ。そっか。広島に行くって言ってたな。法事だっけ？　すっかり忘れてたよ。じゃあ晩飯はなし？」

だったら好きなカップラーメンでも食おうかと思って聞いたら、兄貴は「ある」とキッチンを指差した。

「ビーフシチューをつくったから食え」

「え。兄貴がつくったの？　料理なんてできたっけ？」

兄貴は驚く俺を冷めた目で見返し、「お前と違って、俺はなんでもできるんだよ」と言った。

あーはいはい、と言いたくなる。俺と違って兄貴は優秀だよ。頭もいいし運動もできるし、顔だってそこらへんのアイドルより、ずっといい。

俺が兄貴に勝っている部分といったら、身長と肩幅くらいしかないだろう。それだって、ただ大きいというだけで、女の子にもてるのは兄貴みたいに手足が長くて、腰の細いちょっと華奢《きゃしゃ》な雰囲気の男だったりするから、結局のところ負けているって感じだ。

兄貴は今、大学四年生で、卒業後は大学院へ進むそうだ。生物工学を勉強していて、専門は認知脳科学らしいが、俺にはそれがどういう分野なのかさっぱりわからない。

有名高校をトップで卒業した兄貴とは正反対に、俺は二流高校の落ちこぼれで、担任にもこのままだと留年するぞと脅されまくっている。勉強嫌いだから留年したら、もういっそ学校を辞めてもいいんじゃないかと思ったりもするが、両親が悲しむだろうからやはりそれはできない。

「んじゃ、食べようかな」

「先に制服を脱いでこい。手も洗ってこい。いちいち言わせるな」

ダイニングテーブルに向かおうとしたら、ピシャッと怒られた。俺はすごすごと二階に上がり、自分の部屋で部屋着に着替えた。

お腹《なか》は空《す》いたけど、兄貴とふたりきりの夕食は気詰まりだ。普段は明るくてお喋《しゃべ》りなお袋がいてくれるから、食事中の会話に困ることはないけど、兄貴は無口なのだ。それでいて口を開けば毒舌だったりするから、正直あまり話したくない。

「おー。うまそう。いただきます」

テーブルにはビーフシチューと焼いたフランスパンと、ハムサラダが並べられていた。兄貴もまだだったらしく、俺の向かい側に座って食べ始める。

「……うまいか？」

兄貴が尋ねてきた。やけに真剣な顔をしている。

「え？　うん、すげぇうまいよ。本格的な味がする。肉もとろとろだし、プロがつくったみたい」

俺が褒めると、兄貴はちょっとホッとしたように表情を柔らかくした。

「そうか。じゃあたくさん食え。いっぱいつくったから」

「うん。あとでお代わりする。……あ、今度さ、カレーもつくってよ。俺、カレー大好きだから」

兄貴が珍しく優しいので、つい調子に乗ってしまった。リクエストしたら喜んでくれるんじゃないかと思って言ったんだけど、兄貴は急に不機嫌そうな顔つきになった。

「カレーがいいなら、お袋に頼めよ」

なんかわかんないけど、怒らせてしまったらしい。

兄貴って本当によくわからない。何もかも俺と違いすぎるっていうか。まあ、血の繋《つな》がりがないから、当然といえば当然なのかもしれない。

兄貴は親父の姉さんの子供なのだ。親父とお袋が婚約中、兄貴の本当の両親である伯父さんと伯母さんは、高速道路の事故に巻き込まれて亡くなった。乗っていた車は炎上したけど、奇跡的に兄貴だけが助かったらしい。

親父は兄の忘れ形見を引き取り、その後、お袋と結婚して兄貴を養子にした。兄貴が五歳の時に俺が生まれ、うちは四人家族になった。

幼い頃はそんな事情を知らなかったから、兄貴が本当の兄じゃないなんて思いもしなかった。事実を教えられたのは中学に入ってからだったが、今さら言われても別にって感じもした。実際は従兄弟《いとこ》になるのだろうが、兄貴は兄貴だ。俺たちが家族であることに変わりはないと自然に思えた。

でも兄貴は違ったのかもしれない。そう思ってしまうのは、兄貴の態度のせいだ。俺が小さい頃《ころ》は優しい兄貴だった。よく一緒に遊んでくれたし、面倒《めんどう》も見てくれたものだ。

でも俺が中学に進学したあたりから、どんどん気難しくなり、俺に話しかけてこなくなった。俺のほうも今では苦手意識が強くなりすぎて、つい避けてしまうことも多い。

もしかしたら兄貴の態度が変わったのは、俺たちを本当の家族じゃないと感じるようになったせいかもしれない。親父もお袋もまったく気にしていないみたいだけど、俺にはそんなふうに思えて仕方がなかった。

俺はもともと兄貴が大好きだったから、冷たくなった兄貴を見るにつけ、拒絶されているようで寂しかった。兄貴は俺の憧《あこが》れだった。なんでもできて、誰《だれ》にでも自慢できて、格好よくて、それからこれはあんまり人には言いたくないんだけど、すごくきれいで。

自分の兄貴をきれいだなんて思うのは、相当変なんじゃないかという自覚はある。だけど幼い頃からそう感じてきたのは紛れもない事実だ。俺は兄貴よりきれいだと思える人に会ったことがない。

と言っても俺は別にホモじゃない。女の子が大好きだ。頭の出来は悪いけど俺はなかなかもてる。中学に入った頃から彼女を切らしたことがない。だから恋愛面ではいつも幸せだ。

それでも兄貴のことは、誰よりもきれいだと思うのだ。兄貴は他《ほか》の誰とも違って見える。

また仲のいい兄弟になれたらいいのに、と思う。

昔みたいに笑顔を見せてほしい。優しく頭を撫でてほしい。今でも心のどこかでそう願っている自分がいる。

さすがにこの年になってそんな恥ずかしいことは言えないから、態度には出したりしないけど。

風呂《ふろ》に入ったあと、リビングに戻ってきたら、兄貴が窓辺に立って外を見ていた。

「何見てんの？」

兄貴は「雷」と答えた。言われてみれば、時々、空が明るくなっている。それに遠雷も聞こえ始めていた。兄貴はカーテンを閉め、「嫌な雷だな」と呟《つぶや》いた。

「そういや、兄貴って昔から雷が嫌いだよな。なんか理由あるの？」

「……別に。ただ嫌いなだけだ」

兄貴はソファーに座った俺を見下ろし、「最近、彼女を連れてこないな」と言いだした。

「喧嘩《けんか》でもしたのか？」

「別れた。なんか面倒臭くなっちゃって」

ひとつ年下の子と半年ほどつき合ったけど、どうも性格が合わないと最近になって気づいた。向こうも同じように感じていたみたいで、俺が「別れる？」って聞いたら「そうだね」と頷《うなず》き、それであっさりと終わった。

そういえば、と思い出した。中一の時、初めて彼女ができたのが嬉《うれ》しくて、家に連れ込んでイチャイチャしていたら、兄貴にそれを見られた。あとから家の中で変な真似《まね》をするなと、こっぴどく怒られたものだ。まあ、俺は懲りないので、今でも女の子をよく連れて帰っているけど。

「ふうん。どうせまた、すぐに新しい彼女をつくるんだろ？　お前、インターバル置かないもんな」

どうでもいいような口調で言い捨て、兄貴はキッチンに行って冷蔵庫を開けた。

「ショートケーキがあるけど、食うか？」

「ケーキ？　いいよ。俺、甘いもの好きじゃないし」

俺は甘いものが苦手だ。何度もそう言っているのに、甘党の兄貴は「食べるか？」と聞いてくるのだ。いい加減に覚えてほしい。どれだけ俺に無関心なんだろうと虚《むな》しくなる。

兄貴は「うまいのに」とぼやき、立ったままでイチゴのショートケーキにかじりついた。その姿にちょっと驚いた。お袋がいる時は、そんな行儀の悪い真似はしないからだ。

乱暴に咀嚼《そしゃく》する口もとに、なぜだか目が釘付《くぎづ》けになる。生クリームが唇についている。気づいて舌でペロッと舐め取る。赤い舌と白い生クリームの対比が、やけに生々しく見えてドキッとした。

「……何？」

俺の視線に気づいた兄貴が、怪訝《けげん》そうにこっちを見ていた。

「え？　いや、別に。兄貴、本当に甘いものが好きなんだなって思っただけ」

「好きだよ。ケーキ職人と結婚したいくらいだ」

冗談だと思うが、にこりともしないで言うから笑い損ねた。

そういえば兄貴は女っ気がない。これだけ整った容姿をしているのだからもてるはずだ。実際、毎年バレンタインには、たくさんチョコをもらって帰ってくる。なのに全然浮いた話を聞かないのだ。

さっき俺も聞かれたんだから、ちょっとくらい聞いてもいいよな。そう思い、俺は兄貴の恋愛を詮《せん》索《さく》してみた。

「兄貴ってもてるだろ？」

「もてるな。でもそれがどうした」

「だったら、なんで彼女つくらないわけ？　恋愛に興味ないの？」

兄貴はなぜか俺をじっと見つめた。何か言いたげな眼差《まなざ》しを向けられ、やけに胸が騒いだ。なんだろう？　なんでこんなにドキドキするんだろう。

「――好きな人がいて、ずっと片思いしてる」

「え……。マジで？」

まさかの返事に、俺は本気で驚いた。兄貴が片思いだなんて意外すぎる。

「なんで告らないんだよ。兄貴だったら絶対にいけるのに。どんな女でもＯＫするって」

「いいんだ。気づいてもらえるまで待つつもりだから。……風呂入ってくる」

兄貴は俺に話したことを後悔しているのか、ばつが悪そうな様子でリビングからいなくなった。

思いもしない打ち明け話だった。好きな人がいるっていうのもびっくりだけど、気づいてもらえるまで待つって、なんだそれ。意外にも奥手というか、奥ゆかしいというか、ちょっと可愛《かわい》すぎる。

知らなかった。兄貴ってそういう人だったんだ。兄貴の人間臭い部分を知ることができて嬉しかったが、同時になんとなく面白《おもしろ》くない気分も味わっていた。自分でもよくわからない不快感だ。

あの兄貴をそこまで惚《ほ》れさせる女って、どんな人なんだろう？　ものすごくきれいなのかもしれない。もしくは、すごく頭がいいとか。

その人の前では優しく笑うんだろうか。誰にも見せないような顔を見せたりするんだろうか。

なんか腹が立ってきた。俺には笑ってくれないくせに。

「……俺、なんか気持ち悪くねぇ？」

思わず独り言をこぼしてしまった。これでは兄貴の好きな人に嫉妬《しっと》してるみたいだ。ブラコンにもほどがある。

あー笑えねぇ、笑えねぇ。全然、笑えねぇ。自分で自分を茶化《ちゃか》しながら二階に上がり、ベッドに腰かけた時、携帯が鳴った。お袋からの電話だった。

「達朗？　お母さんだけど、ご飯食べた？」

「食べたよ。兄貴がシチューつくってくれたんだ。うまかった」

「そう。よかったわね」

お袋はなぜか急にクスクス笑いだした。

「何？　なんで笑ってるの？」

「真人の張り切りぶりを思い出しちゃって。あの子、自分でスーパーに買い物に行ったのよ。達朗に美味《おい》しいシチューを食べさせてやるんだって。自分のお金で高いお肉まで買ってくるから、もう呆《あき》れちゃった。どれだけ弟が好きなんだろうね」

「え……」

いきなりそんなことを言われて、びっくりした。

「そ、そんなことないだろ？　兄貴、俺に冷たいのに。俺のことなんて全然好きじゃないって」

「えー？　あんた、そんなふうに思ってたの？　まあ確かに最近は素っ気ないけど、真人は昔からあんたのこと大好きよ。なんたって、あんたの名付け親だしね」

またまたびっくりした。初めて聞く話だ。俺が「どういうこと？」と尋ねると、お袋は「あれ、話してなかったっけ？」と呑気《のんき》に笑った。

「あんたが生まれる前に、真人が紙に『達朗』って書いて持ってきて、赤ちゃんが生まれたらこの名前にしてって言ったのよ。まだ平仮名も上手《うま》く書けない時だったから、私《わたし》もお父さんもびっくりしたわ。何かの本で覚えたのかもね」

最初は笑い飛ばしていた親父とお袋だったが、兄貴が大泣きして絶対にこの名前がいいと言い張るので、その訴えに負けて了承したそうだ。気持ち悪いほど聞き分けのいい子供だった兄貴が、そこまで我が儘《わがまま》を言うのは初めてのことだったらしい。

「生まれてきたあんたのこと、ものすごく可愛がってくれたんだから。自分の本当の弟じゃないってわかっているのに、達朗は僕の大事な弟だもんって言ってね」

「え？　兄貴、小さい頃から知ってたの？」

「そうよ。あんたが生まれるまでは、私たちのことをおじさん、おばさんって呼んでたもの。小さいのに遠慮があったのね。自分で線を引こうとしている姿がなんだか切なくて、あんたが生まれた時にお父さんとふたりでお願いしたの。これからはお父さん、お母さんって呼んでほしいって」

知らなかった。兄貴は最初から、自分がこの家の本当の子供でないことをわかっていたのだ。だったら急に冷たくなったのはなぜだろう？　お袋の言葉を信じるなら、兄貴は今でも俺のことを可愛く思っているみたいなのに。

電話を切ったあと、俺は思わず呟《つぶや》いていた。

「兄貴って謎《なぞ》すぎる……」

雷がうるさくて寝つけない。何度も寝返りを打っていたら、ドアをノックする音が聞こえた。

「達朗。開けてもいいか？」

兄貴の声だ。こんな夜中にどうしたんだろうと思いながら、俺は「いいよ」と返事をした。

パジャマ姿の兄貴はベッドの前まで来て、寝ている俺の顔を見下ろした。薄暗いから表情はよくわからない。

「どうしたの？」

「眠れないんだ。雷のせいで」

「ああ。うるさいもんな」

「……ここで一緒に寝てもいいか」

えっ、と言いそうになった。なんでと思ったが、今夜の兄貴はどこか頼りない感じがした。不安そうでいつもより小さく見える。断ったら可哀想《かわいそう》な気がして、「いいけど」と答えてしまった。

「枕《まくら》、取ってくる」

兄貴はそう言って、本当に枕を持って戻ってきた。

俺のベッドはセミダブルなので、男ふたりでも寝られないことはない。でもかなり窮屈だ。仰向《あおむ》けだと、どうしても腕や肩が当たってしまう。結局、ふたりとも背中を向け合って眠りについた。

背中から感じる兄貴の温《ぬく》もりが、俺を落ち着かない気分にさせる。雷が鳴り響くたび、兄貴は眠れないというように深い息を吐いた。

どうしてそんなに雷が苦手なんだろう？　何か嫌な思い出でもあるのだろうか。

そんなことを考えているうち、段々と眠くなってきた。

俺は夢を見ていた。その夢の中で、俺は俺ではなかった。

三十歳くらいの大柄な男になって、知らない家のキッチンでなぜかケーキをつくっていた。すごく手際がいい。こいつはプロの仕事だ。

ホイップで飾りつけていると、金髪の白人男性が近づいてきて「美味しそうだね」と言った。

「マリーがきっと大喜びするよ」

「だといいんですけど」

俺じゃない俺が嬉しそうに微笑《ほほえ》む。金髪の男性も笑っている。すごくきれいな人だ。学生服みたいな白いシャツに、黒い背広を着ている。首には十字架のペンダント。神父さんだろうか。

「達朗。顔にクリームがついてる」

「え、本当に？　どこですか？」

金髪の男性は「嘘《うそ》だよ」と笑い、俺の頬《ほお》にキスをした。俺じゃない俺はからかわれたというのに、嬉しくてしょうがないらしい。嬉しすぎてじっとしていられなくて、指先ですくった生クリームを男の唇に少しつけ、お返しだというようにペロッと舐め取った。

くすぐったいのか金髪の男性がクスクス笑う。俺は我慢できなくなって彼を抱き締める。

「駄目だよ。ケーキを完成させなきゃ」

「あなたが先に邪魔をしたんでしょ」

言いながら、またキスをした。俺は腕の中にいる人が愛《いと》しくてならない。

ああ、なんて幸せなんだろう。この人がいてくれるなら、他には何もいらない。

愛してる。愛してる。二度と離さない。決してあなたを離したりしない。

アシュレイ。俺のアシュレイ――。


ひときわ大きな雷の音で目が覚めた。

俺は寝ぼけた頭で、目の前にある頭を眺めながら呟いた。

「アシュレイ……？」

すると兄貴が勢いよく俺を振り返った。眠っていると思っていたから、その機敏な動きに驚いた。

「お前、今なんて言った？」

横たわったままで勉強机の上のデスクライトをつけ、すごい形相で問い詰めてくる。鬼気迫るものを感じて、一気に眠気が吹っ飛んだ。

「え……？　え？　俺、なんか言った？」

「言っただろ。アシュレイって言った。なあ、言ったよな？」

アシュレイ――。確かに言った。誰の名前だっけ？　映画俳優？　ロック歌手？

ああ、違った。思い出した。今見ていた夢の中に出てきた人の名前だ。

「俺、夢を見てたんだ。その夢にアシュレイって人が出てきた。金髪の白人で、神父さんかな？」

「神父じゃない。牧師だ」

あ、そうなんだ、牧師さんなんだ、と思ってから、どうして兄貴にわかるんだろうと不思議に思った。俺の夢を見たわけでもないのに。

「どんな夢だった？」

「えっと、どんなって聞かれても。……俺はどういうわけか、大柄なおっさんになってて、人の家でケーキをつくってた。で、アシュレイって人が来て、美味しそうだ、マリーが喜ぶって言ってたかな」

兄貴はまるで生き別れになった家族の消息でも聞くみたいな顔で、「そうか」と頷いた。

「それから？」

「それから？　それからは別に……。なんて言うか、おっさんの俺とアシュレイって人はいちゃついてた。男同士なのに変なの。でもすげぇ幸せそうだったな」

俺自身も幸せな気分を味わったけど、そこまで言う必要はないので黙っておいた。それにしても兄貴はどうして俺の見た夢に、そこまで興味を示すんだろう。

「兄貴、なんで俺の夢に――」

理由を聞こうとした俺は、ギョッとして唇を閉じた。兄貴が泣いていたからだ。

「あ、兄貴、どうしたんだよ……？」

兄貴は涙を流して俺を見ていた。何かをこらえるかのように、キュッと引き締まった唇。音もなく枕に吸い込まれていく涙。

「な、なんでもない、なんでもないんだ」

兄貴はそう言ったけど、何もないのに泣くわけがない。

「どっか痛い？　なんかあった？　それとも、もしかして俺のせい？」

心当たりはないけど、ついそう聞いてしまった。兄貴は首を振り、「違う」と答えた。

「本当になんでもない。俺が勝手に泣いてるだけ……」

震える唇。震える肩。初めて見る兄貴の弱々しい姿に、胸が苦しくなる。

どうしよう。どうしたらいい？　こんな兄貴、放《ほう》っておけない。

俺は何かにそそのかされるように、腕を回して兄貴の背中をさすっていた。一瞬、兄貴の身体《からだ》がビクッと震えたが、嫌がる素振りは見せない。

それどころか俯《うつむ》いて、俺の胸に額を押し当ててきた。縋《すが》るように、甘えるように。

俺の胸で子供みたいに泣いている兄貴が、どうしようもなく愛おしかった。息ができなくなるほど愛おしく思え、俺は我慢できなくなって抱き締めた。

ギュッと力を込めると、兄貴は切なそうな吐息を漏らした。その息が俺の首筋にあたり、どういうわけか幸せな目眩《めまい》を感じた。

なんだ？

なんなんだ、この感覚は？

女の子を抱き締めた時より、もっとずっと何倍にも強烈に胸が甘く痺《しび》れている。

どうしよう。すごく幸せだ。頭が真っ白になるくらい幸せで、俺まで泣きそうになってきた。

「達朗……」

兄貴が顔を上げて俺を見た。濡《ぬ》れた頬が光っている。

駄目だ。こんなの駄目だ。

必死でそう言い聞かせたけど、どうしても自分を抑えきれなかった。俺は兄貴の唇に自分の唇を、そっと重ねていた。

本当はもっと激しくキスしたかった。俺の身体は飢えるように兄貴を求めている。だけど怖くてできなかった。

俺と兄貴は兄弟だ。実の兄弟でなくても、やっぱりふたりは兄弟だ。こんなの間違ってる。

俺はありったけの理性を掻《か》き集めて、唇を離した。

「ごめん、兄貴……」

兄貴は何も言わなかった。ただ切なそうな目で俺を見ている。

「いいんだ。お前は間違ってない」

「え？　どういう意味？」

「今はまだ言えない。でもいつか話してやるよ」

何を、とは聞けなかった。兄貴が急に微笑んだからだ。

とろけるような甘い微笑みを浮かべて、俺を見ている。そんな顔をされたら、またキスしたくなって困る。だから俺は「お、お休み」と言って慌てて背中を向けた。

どうしよう。こんなんじゃ眠れない。朝まで一睡もできそうにない。

本当に俺はどうしちゃったんだろう？　兄貴にこんなにもときめくなんて異常だ。変態だ。

しばらくして後ろから、変な独り言が聞こえてきた。

「……それにしても、よりによってなんで弟なんだよ。選択おかしいだろ」

地を這《は》うような低い声だった。

怖くてどういう意味なのか聞けず、俺は寝たふりを決め込んだ。

——終わらないお伽噺の話をしよう。

# あとがき

こんにちは、英田です。リンクスさんからは二冊目の著書になります。前作「ファラウェイ」で珠樹《たまき》とアモンの恋をアシストした皮肉屋の悪魔、アシュトレトが主役です。

表題作の「神さまには誓わない」は雑誌掲載作で、今回のノベルズ化にあたり「神さまには祈らない」と「終わらないお伽噺」を書き下ろさせていただきました。

自分で考えておいて、最初は「エネルギー生命体難しい……」と思いながら書いていましたが、段々とアシュトレトが可愛くなってきました。最後までいいパパでした。

当初は「神さまには祈らない」だけを書くつもりでいたのですが書き終わったみて、このまま終わるのはちょっと寂しいと思い、急遽「終わらないお伽噺」を書き足しました。物語的には蛇足かもしれませんが、その後の再会したふたりの姿をどうしても書いてみたかったのです。赤ちゃんの頃から弟を見守ってきたツンデレお兄ちゃんは、ざぞかし悶々としているでしょうね（笑）。早くお兄ちゃんを幸せにしてあげてね、弟くん。

一方、珠樹とアモンの出した答えもまた違った愛の形ということで、私にはとても彼らしい選択だったと思えます。

# あとがき

前作に引き続きイラストを担当してくださった円陣闇丸《えんじんやみまる》先生。今回も素敵なイラストをありがとうございました！　ラフの段階から眼福すぎて舞い上がってしまいました。デビュー当時から「希望のイラストレーターさんは？」と聞かれるたび、「円陣先生！」と答えては「無理です」と言われ続けて、一生ご縁はないものと諦めていました。なので二冊もご一緒できる機会に恵まれて本当に幸せです。ありがとうございました。

担当さま、雑誌の時もノベルス化の時も作業が遅れがちで、大変ご迷惑をおかけ致しました。当初のお約束どおり、こうやって二冊の本を出させていただけたこと、大変嬉しく思っております。本当にありがとうございました。

またこの本の制作や販売などに携わってくださったすべての皆さまにも、この場をお借りして心からお礼を申し上げます

最後になりましたが、読者の皆さま。ここまでのおつき合い、ありがとうございました。「ファラウェイ」に引き続きファンタジーなお話でしたが、いかがでしたでしょうか？

皆さまからいただくお言葉はいつも最高の励みです。ご感想などあれば、ぜひともお聞かせくださいませ。

二〇一四年二月　　英田サキ

LYNX ROMANCE

**ファラウェイ**

英田サキ　illust. 円陣闇丸

本体価格
855円+税

祖母が亡くなり、天涯孤独の羽根珠樹。病院の清掃員として真面目に働いていた珠樹は、あるとき見舞いに来ていたユージンという外国人に出会う。彼はアメリカのセレブ一族の一員で傲慢な男だったが、後日、車に轢かれ息を引き取った。―はずだったのだが…なぜかすぐに蘇生し怪我もすっかり消えていた。まったく別人のようになってしまったユージンは、突然「俺を許すと言ってくれ」と意味不明な言葉で珠樹にせまってきて…。

LYNX ROMANCE

**臆《おく》病《びょう》なジュエル**

きたざわ尋子　illust. 陵クミコ

本体価格
855円+税

地味だが整った容姿の湊都は、浮気性の恋人と付き合い続けたことですっかり自分に自信を無くしてしまっていた。そんなある日、勤務先の会社の倒産をきっかけに高校時代の先輩・達祐のもとを訪れることになる湊都。達祐を慕っていた湊都は、久しぶりの再会を喜ぶが、達祐から「昔からおまえが好きだった」と突然の告白を受ける。強引な達祐に戸惑いながらも、一緒に過ごすことで湊都は次第に自分が変わっていくのを感じ…。

LYNX ROMANCE

**カデンツァ3**
**～青の軌跡〈番外編〉～**

久能千明　illust. 沖麻実也

本体価格
855円+税

ジュール＝ヴェルヌより帰還し、故郷の月に降り立ったカイ。自身をバディ飛行へと駆り立てた原因でもある義父・ドレイクとの確執を乗り越えたカイは、再会した三四郎と共に『月の独立』という大きな目的に向かって邁進し始めた。そこに意外な人物まで加わり、バディとしての新たな戦いが今、幕を開ける――！そして状況が大きく動き出す中、カイは三四郎に『とある秘密』を抱えていて…？

LYNX ROMANCE

**ファーストエッグ 1**

谷崎泉　illust. 麻生海

本体価格
855円+税

風変わりな刑事ばかりが所属する、警視庁捜査一課外れの部署『五係』。中でも佐竹は時間にルーズな問題刑事だ。だが、こと捜査においては抜群の捜査能力を発揮していた。そんな佐竹が抱える態度以上の問題は、とある事件をきっかけに、元暴力団幹部である高御堂が営む高級料亭で彼と同棲し、身体だけの関係を続けていること。佐竹はその関係を断つことが出来ないでいた。そんな中、五係に真面目で堅物な黒岩が異動してきて…？

LYNX ROMANCE

## ワンコとはしません！

火崎勇　illust. 角田緑

本体価格 855円＋税

子供の頃、隣の家に住んでいたお兄さん・仁司のことが大好きだった花岡望。一緒に愛犬タロの散歩にいったり、本当の兄のように慕っていたが、突然彼の一家が引っ越してしまう。さらに同じ日にタロが事故に遭い、死んでしまった。そして大学生になったある日、望はバイト先のカフェで仁司と再会する。仁司としばらく楽しい時間を過ごしていたが、タロの遺品である首輪を見せた途端、彼は突然望の顔を舐め、「ワン」と鳴き…？

LYNX ROMANCE

## 赦《ゆる》されざる罪《つみ》の夜《よる》

いとう由貴　illust. 高崎ぼすこ

本体価格 855円＋税

精悍な容貌の久保田貴俊は、ある夜バーで、淫らな色気をまとった上原慎哉に声をかけられ、誘われるままに寝てしまう。あくまで『遊び』のはずだったが、次第に上原の身体にのめり込んでいく貴俊。だがある日、貴俊は上原の身体をいいように弄んでいる男の存在を知る。自分に見せたことのない表情で命じられるまま自慰をする上原に言いようのない苛立ちを感じるが、彼がある償いのために、身体を差し出していると知り…。

LYNX ROMANCE

## 竜王《りゅうおう》の后《きさき》

剛しいら　illust. 香咲

本体価格 855円＋税

皇帝を阻む唯一の存在・竜王が妻を娶り、その力を覚醒させる――予言を恐れた皇帝により、村は次々と焼き払われた。そんな村跡で動物と心を通わせられる穏やかな青年・シンは、精悍な男を助ける。男は言葉も記憶も失い、日常生活すら一人では覚束ない様子。シンは彼をリュウと名付け、共に暮らし始めたが、ある夜、普段の愚鈍な姿からは思いもよらない威圧的な態度のリュウに、自分は竜王だと言われ、無理やり体を開かれて――。

LYNX ROMANCE

## 天《てん》使《し》強《ごう》奪《だつ》

六青みつみ　illust. 青井秋

本体価格 855円＋税

身体、忍耐力は抜群だが、人と争うことが苦手なクライスは、王室警護士になり穏やかな毎日を送っていた。そんなある日、王家の一員が悪魔に憑依され、凄腕のエクソシスト『エリファス・レヴィ』がやってくる。クライスはひと目見て彼に心を奪われるが、高嶺の花だと諦める。だが、自分でも知らなかった『守護者』の能力を買われ彼の警護役に抜擢される。寝起きをともにする日々に、エリファスへの気持ちは高まってゆき…。

LYNX ROMANCE

## 裸《はだか》執事《しつじ》 〜縛鎖〜

水戸泉

原作：マーダー工房　illust．倒神神倒

本体価格
855円＋税

大学生の前田智明は、仕事をクビになり途方に暮れていた。そんな時、日給三万円という求人を目にする。誘惑に負け指定の場所に向かった智明の前に現れたのは、豪邸と見目麗しい執事たち…。アルバイトの内容はなんとご主人様として執事を従えることだった。はじめは当惑したが、どんな命令にも逆らわない執事たちに、サディスティックな欲望を覚えはじめた智明。次第にエスカレートし、執事たちを淫らに弄ぶ悦びに目覚め——。

LYNX ROMANCE

## マジで恋《こい》する千年前《せんねんまえ》

松雪奈々

illust．サマミヤアカザ

本体価格
855円＋税

平凡な大学生の真生は突然平安時代にタイムスリップしてしまう。なんと波長が合うという理由で、陰陽師・安倍晴明に心と身体を入れ替えられてしまったのだ。さらに思う存分現代生活を満喫したいという晴明のわがままにより、三カ月の間平安時代で彼の身代わりをする羽目に。無理だと断るが、晴明が残した美貌の式神・佐久に命じられるままなんとか晴明のふりをする真生。そんな中、自分を支えてくれる佐久に惹かれていくが…。

LYNX ROMANCE

## 身代《みが》わり花嫁《はなよめ》の誓約《せいやく》

神楽日夏

illust．壱也

本体価格
855円＋税

柔らかな顔立ちの大学生・珠里は、名門・鷲津家に仕える烏丸家の跡取りとして、鍛錬に励む日々を送っていた。そんなある日、幼い頃から仕えてきた主の威仁がザーミル王国のアシュリー姫と婚約したと聞かく。どこか寂しさを覚えつつも、威仁の婚約者を守るため、人前ではアシュリー姫の身代わりを引き受けることになった珠里。だが身代わりの筈なのに、まるで本物の恋人のように扱ってくる威仁に次第に戸惑いを覚えはじめて…。

LYNX ROMANCE

## 蝕《むしば》みの月《つき》

高原いちか

illust．小山田あみ

本体価格
855円＋税

画商を営む汐方家の三兄弟、京、三輪、梓馬。三人の関係は四年前、病で自暴自棄になった次男の三輪を三男の梓馬が抱いたことで、大きく変わった。血の繋がらない梓馬だけでなく、二人の関係を知った長男の京まで三輪を求めてきたのだ。幼い頃から三輪を想ってくれた梓馬のまっすぐな気持ちを嬉しく思いながら、兄に逆らえず身体を開かれる三輪。実の兄からの執着と、義理の弟からの愛情に翻弄される先に待つものは——。

LYNX ROMANCE

**ネコミミ王子《おうじ》**

茜花らら　illust. 三尾じゅん太

本体価格
855円+税

母が亡くなり、天涯孤独となった千鶴の元に、ある日、存在すら知らなかった祖父の弁護士がやって来る。なんと、千鶴に数億にのぼる遺産を相続する権利があるらしい。しかし、遺産を相続するには士郎という男と一緒に暮らし、彼の面倒を見ることが条件だという。しばらく様子を見るため、一緒に暮らし始めた千鶴だが、カッコイイ見た目に反して、ワガママで甘えたな士郎。しかも興奮するとネコミミとしっぽが飛び出る体質で…。

LYNX ROMANCE

**幼《おさな》馴《な》染《じ》み～荊《いばら》の部屋～**

沙野風結子　illust. 乃一ミクロ

本体価格
855円+税

母の葬儀を終えた舟の元に、華やかな雰囲気の敦朗が訪れてくる。二人は十年振りに再会する幼馴染みだ。十年前、地味で控えめな高校生だった舟は、溌剌とした輝きを持つ敦朗に焦がれるような想いを抱いていた。だが親友ですらない、ただの幼馴染みであることに耐えかねた舟は、敦朗と決別することを選んだ。突然の来訪に戸惑い、何も変われていないことに苛立ちを覚える舟の脳裏に、彼との苦しくも甘美な日々が鮮明に甦り――。

LYNX ROMANCE

**マルタイ　―SPの恋人―**

妃川螢　illust. 亜樹良のりかず

本体価格
855円+税

来日した某国首相の息子・アナスタシアの警護を命じられた警視庁SPの室塚。我が儘セレブに慣れていない室塚は、アナスタシアの奔放っぷりに唖然とする。しかも、彼の要望から二十四時間体制で警護にあたることに。買い物や観光に振り回されてぐったりする反面、室塚は存外それを楽しんでいることに気付く。そして、アナスタシアの抱える寂しさや無邪気な素顔に徐々に惹かれていく。そんな中アナスタシアが拉致されしまい…。

LYNX ROMANCE

**クリスタル ガーディアン**

水壬楓子　illust. 土屋むう

本体価格
855円+税

北方五都と呼ばれる地方で、もっとも広大な領土と国力を持つ月都。月都の王族には守護獣がつき、主である王族が死ぬか、契約解除が告げられるまで、その関係は続いていく。しかし、月都の第七皇子・守善には守護獣がつかなかった。だがある日、兄である第一皇子から「将来の国の守りも考え伝説の守護獣である雪豹と契約を結んでこい」と命じられる。さらに豹の守護獣・イリヤを預けられ、一緒に旅をすることになり…。

LYNX ROMANCE

**月神《つきがみ》の愛《め》でる花《はな》～六つ花の咲く都～**

朝霞月子　illust. 千川夏味

本体価格
855円+税

ある日突然、見知らぬ世界・サークィン皇国へ迷い込んでしまった純情な高校生の佐保は、若き皇帝・レグレシティスと出会い、紆余曲折を経て結ばれる。彼の側で皇妃として生きることを選んだ佐保は、絆を深めながら、穏やかで幸せな日々を過ごしていた。季節は巡り、佐保が王都で初めて迎える本格的な冬。雪で白く染まった景色に心躍らせる佐保は街に出るが、そこでとある男に出会い…？

LYNX ROMANCE

**月神《つきがみ》の愛《め》でる花《はな》～澄碧の護り手～**

朝霞月子　illust. 千川夏味

本体価格
855円+税

見知らぬ異世界・サークィン皇国へトリップしてしまった純情な高校生の佐保は、若き皇帝・レグレシティスと出会い、紆余曲折を経て、身も心も結ばれる。皇妃としてレグレシティスと共に生きることを選んだ佐保は、絆を深めながら幸せな日々を過ごしていた。そんなある日、交流のある領主へ挨拶に行くというレグレシティスの公務に付き添い、港湾都市・イオニアへ向かうことに。そこで佐保が出会ったのは…？

LYNX ROMANCE

**天使《てんし》のささやき2**

かわい有美子　illust. 蓮川愛

本体価格
855円+税

警視庁警護課でSPとして勤務する名田は、同じくSPの峯神とめでたく恋人同士となる。二人きりの旅行やデートに誘われ嬉しくも思う名田。しかし、以前からかかわっている事件は未だ解決が見えず、また名田はSPとしての仕事に自分が向いているのかどうか悩んでもいた。そんな中、名田が確保した議員秘書の矢崎が不審な自殺を遂げる。ますますきな臭くなる中、名田たちは引き続き行われる国際会議に厳戒態勢で臨むが…。

LYNX ROMANCE

**咎人《とがびと》のくちづけ**

夜光花　illust. 山岸ほくと

本体価格
855円+税

魔術師・ローレンの元に暮らしていた見習い魔術師のルイ。彼の遺言で森の奥からサントリムの都にきたルイに与えられた仕事は、セントダイナの第二王子・ハッサンの世話をすることだった。無実の罪で陥れられ亡命したハッサンは、表向きは死んだことにして今ではサントリムの『淵底の森』に匿われていた。物静かなルイは気に入ったハッサンは徐々にルイにうち解けていく。そんな中、セントダイナでは民が暴動を起こしており…。

LYNX ROMANCE

**獣《けもの》王子《おうじ》と忠誠《ちゅうせい》の騎士《きし》**

宮緒葵

illust. サマミヤアカザ

本体価格
855円＋税

トゥラン王国の騎士・ラファエルは、幼き第一王子・クリスティアンに永遠の忠誠を誓った。しかし六歳になったある日、クリスティアンが忽然と姿を消してしまう。そして十一年後―ラファエルはついに「魔の森」で美しく成長した王子を見つけ出す。国に連れ帰るも魔獣に育てられ言葉も忘れていたクリスティアンは獣のようだった。それでも変わらぬ忠誠を捧げ、献身的に尽くすラファエルにクリスティアンも心を開きはじめ…。

LYNX ROMANCE

**千両箱《せんりょうばこ》で眠《ねむ》る君《きみ》**

バーバラ片桐

illust. 周防佑未

本体価格
855円＋税

幼少のトラウマから、千両箱の中でしか眠ることが出来ない嵯峨。ヤクザまがいの仕事をしている嵯峨は、身分を偽り国有財産を入札するため財務局の説明会に赴いた。そこで職員になっていた同級生・長尾と再会する。しかし身分を偽っていたことがバレ、口封じのため彼を強引に誘惑し、抱かれることに。その後もなし崩し的に長尾と身体の関係を続ける嵯峨だったが、そんな中、長尾が何者かに誘拐され…。

LYNX ROMANCE

**暁《あかつき》に堕《お》ちる星《ほし》**

和泉桂

illust. 円陣闇丸

本体価格
866円＋税

清澗寺伯爵家の養子である貴郁は、抑圧され、生の実感が希薄なまま日日を過ごしていた。やがて貴郁は政略結婚し、奔放な妻と形式的な夫婦生活を営むようになる。そんな貴郁の虚しさを慰めるのは、理想的な父親像を体現した厳しくも頼れる義父・宗晃と、優しく包容力のある義兄・篤行だった。だがある夜を境に、二人から肉体を求められるようになってしまう。どちらにも抗えず、義理の父兄と爛れた情交に耽る貴郁は…。

LYNX ROMANCE

**狼《おおかみ》だけどいいですか？**

葵居ゆゆ

illust. 青井秋

本体価格
866円＋税

人間嫌いの人狼・アルフレッドは、とある町で七匹の犬と一緒に暮らす奈々斗と出会う。親を亡くした奈々斗は、貧しい暮らしにもかかわらず捨て犬を見ると放っておけないお人好しだった。アルフレッドは、奈々斗に誘われしばらくの間一緒に住むことになるが、次第に元気に振る舞う彼が抱える寂しさに気づきはじめる。人間とはいつか別れが来ることを知りながら奈々斗を放っておけない気持ちになったアルフレッドは…。

初出

| | |
|---|---|
| 神さまには誓わない | ２０１２年 リンクス１０月号掲載 |
| 神さまには祈らない | 書き下ろし |
| 終わらないお伽噺 | 書き下ろし |

この本を読んでの
ご意見・ご感想を
お寄せ下さい。

〒151-0051
東京都渋谷区千駄ヶ谷4-9-7
(株)幻冬舎コミックス　リンクス編集部
「英田《あいだ》サキ先生」係／「円陣闇丸《えんじんやみまる》先生」係

リンクス ロマンス

# 神さまには誓わない


2014年2月28日　第1刷発行

著者……………英田《あいだ》サキ
発行人…………伊藤嘉彦
発行元…………株式会社　幻冬舎コミックス
〒151-0051　東京都渋谷区千駄ヶ谷4-9-7
TEL 03-5411-6431（編集）
発売元…………株式会社　幻冬舎
〒151-0051　東京都渋谷区千駄ヶ谷4-9-7
TEL 03-5411-6222（営業）
振替00120-8-767643
印刷・製本所…株式会社　光邦
検印廃止




ISBN978-4-344-83026-4 C0293
Printed in Japan

幻冬舎コミックスホームページ　http://www.gentosha-comics.net